U0721637

樱桃鹿

YINGTAO LU

李慧 ◎ 著

陕西新华出版

太白文艺出版社·西安

图书在版编目（CIP）数据

樱桃鹿 / 李慧著. -- 西安：太白文艺出版社，
2017.9（2024.1重印）
ISBN 978-7-5513-1288-2

Ⅰ. ①樱… Ⅱ. ①李… Ⅲ. ①散文集－中国－当代
Ⅳ. ①I267

中国版本图书馆CIP数据核字(2017)第214612号

樱桃鹿
YINGTAO LU

作　者	李慧
责任编辑	陈昕　葛毅
整体设计	建明文化
出版发行	太白文艺出版社
经　销	新华书店
印　刷	天津旭丰源印刷有限公司
开　本	787mm×1092mm　1/16
字　数	127千字
印　张	14
版　次	2017年9月第1版
印　次	2024年1月第2次印刷
书　号	ISBN 978-7-5513-1288-2
定　价	55.00元

版权所有　翻印必究
如有印装质量问题，可寄出版社印制部调换
联系电话：029-81206800
出版社地址：西安市曲江新区登高路1388号（邮编：710061）
营销中心电话：029-87277748　029-87217872

序

写给李慧和她那只鹿

张书省

不止听一位朋友说过，现在读作品，一读名人的，二读熟人的。一想，自己也这样啊！不过随着年龄增加，时间总显得那么匆匆和有限，读名人愈渐减少，读熟人却情趣不减，这大概与人之成熟把情趣看得比兴趣大得多有关。熟能生巧，熟更能生情，缘于情更易于让人沟通、理解，乃至于同情、同感，所以读熟人的作品更让人愉悦、惬意。或会心一笑，或双眉紧蹙，或拍案而起，或掩卷沉思，朋友的体验调动起自己的共鸣，于是激起了生命的灵动。

二十年前认识李慧，还是一个小姑娘，我在陕西省广播电视厅举办的全省广电记者培训班讲课，李慧是刚参加工作来听课的学员。课间休息时，她和她们杨凌电视台的同事来到讲台前提问，她的纯朴和聪慧给我留下了很好的印象，后来她又常来省台新闻部送新闻片，看她们的稿子时又不免或赞或贬或提问，她的耿直与好学还有谦恭，都让我颇有好感。然鉴于电视人一年四季的忙忙忙，终是相知不多。不过每在新闻或文学场合相遇，或者是她年节的问候和通话，又总感熟悉和亲切。

我退休几年后在朋友的书画院帮忙，李慧来电话说她写了两篇文章要让我看看，看写得行不行，请老师改一改。她是多年来把我当老师的，我却把她当同仁和朋友的。因为我在西北大学授课不少于一学期的正宗学生数以千计，所以对仅听过我讲座或出于尊敬而呼我老师的年轻人我从不敢倚老卖老自认先生，我诚心对他们始终保持同仁同志文友朋友的关系，绝不敢牛皮一分！李慧第一篇文章是《重庆磁器口茶馆》，我很赞赏。她写景记事细致入微，写人抒情通情达理，白描中情感深沉，抒情时冷艳俊美。我自愧也去过重庆，怎么就写不出这样的好作品呢！

李慧另一篇《请不要替我关门》，是写我的，说为我上小车关车门被我谢绝了。作品当然是赞扬我的，但她用新闻记者敏锐捕捉的目光和丝丝入扣的绝对真实的手法把文章写得顺畅自然，实在逼真，没有丝毫的夸张和虚浮。她在夸我，实际上也在表达自己对社会的思考和对某些官场现状的不屑，这是和她的性格相吻合的。我读她笔下的我，赞美我只是表象，我为她的率性和正气而感动！两篇作品都在我们书画院的文学内刊上发表了，反响颇好，写我的这篇我随后特地录入我的新著《雨润长安春》之中。我在心里感谢她。

这次读李慧的书稿《樱桃鹿》，我算是系统地读到了她的散文文笔和精神世界，我为她的作品和人品点赞！

清新流畅的文笔，悠然顺遂的结构，精练简洁的用材，看似随意的意境营造，由此而构成了李慧散文既具散文共性，又颇具个性审美的异样色彩。她在《渭河情思》中写流经家乡的渭河：

> 就像冬天挖荷塘，不小心遗失的一截藕，横卧在秦岭脚
> 下，伴随着冬雪春雨，严寒酷暑，时而丰满，时而干瘦……

她在《和星夜干杯》中写星夜：

> 深蓝的苍穹，平整而无垠，星星如碎钻石般铺满这谜般的
> 深蓝。那薄云般长条状星带穿空而过，那是书本里的银河系，
> 毫不费力的，我看到了银河系两边隔河相望的牛郎织女星，这
> 个发现让我不由得欢欣鼓舞起来，这是我有记忆以来第一次目
> 睹银河系和牛郎织女星。牛郎织女星分布在银河两侧，三点一
> 线的牛郎星挑着两个孩子，追赶着河对岸明亮耀眼的织女星，

无奈隔着长长的天河，这一别竟是一世，这一世竟成永恒……

这样的语言，这样的意境，这样美好的审视和想象，只有这样经历的童年少年才能体会和描写出来。今天生活在大城市的人们，包括幸福的孩子们和曾经不太幸福的老人们，还能有这样美好圣洁的享受么！

李慧笔下的青海、黄山，特别是安徽黟县的宏村，我都去过，但我怎么就灵感黯淡文笔枯涩，而李慧却把它们写得活泛灵动飞龙走蛇呢！作者去青海，没有烦躁塞车，而是"感谢一路堵车，让人有机会近距离一睹草原"；作者去黄山，是一眼望去让人满含希望的绿：

修长挺拔的毛竹伸展在薄纱般的水汽里，这嫩绿把整个黄山都染成了青翠一片，仿佛这绿色有着神奇的感染力，将这山、这水，甚至是行走在其间的旅人也染成绿茸茸的，一如漫山遍野的绿孩子……

作者写宏村：

此刻，从天井飘来的雨丝无声地落在青石板铺就的地面

上，石板四角的铜钱图案凸显出来，对应着天井长方
形的天空四角……

作者优美的文笔把眼里时空的优美表现得何等酣畅淋漓啊！

然倘若只是这种景致的优美，究竟只是陷于环境的典型，而典型人物才是作者更深的意念表达。青海行路边，"抱着孩子的年轻母亲，脸上是常年高原烈日照晒特有的黝黑，布满皱纹的眼睛安详而坚定，怀里的孩子在吃奶，母亲丰满的乳房裸露在凉爽的风里，一如早起生火煮茶般自如。你看到的是不尽的游人，我看到的是母亲，一如博大的草原，不论经历多少铁蹄践踏，迎来多少禁牧和雨季，依旧淡然而平静，仿佛从未历经雨雪风霜"……

这里，你读到的是作者笔下的喂乳的母亲，我读到的是草原的母亲民族的母亲祖国的母亲！

黄山翠竹背景下的黄山挑夫在作者笔下让读者震撼：

每迈出一步，踏在地上的那只脚必定落地生根，抬起的那
只也稳稳跟上，负重的身体随着扁担两头的晃动而轻轻摇摆，
硬是把这一百来斤的重负舞出了摇曳生姿。挑夫们除了吆喝让

路很少说话，很少说话的挑夫和从不言语的毛竹扁担，成了这
陡峭山路上沉默的风景。

正当读者为这种劳动的崇高和劳动者的伟大而感到钦佩震撼时，作者画龙点睛补了一句："我在想：不论是毛竹还是挑夫，都是这山里无语的魂灵。"这不能不让读者在震撼后深思，从而生出更深层次的震撼！

更奇特的是作者写宏村的《老宅雨夜》，不动声色的环境铺垫之后是以物衬人，看似大篇对徽商的历史追述和客观叙述之后，水到渠成地走出了老宅的吴姓主人，沉醉在吴姓主人讲述中的"我"，今夜沉醉在了这皖南水乡里，而"我"真是醉了，待第二天一大早被沙沙雨声叫醒，意犹未尽欲再觅其踪时，"兜兜转转，路线还是昨夜的路线，却怎么也找不到昨夜故居，只寻得额头冒汗，向身着工作服的工作人员打问，那人答：那是私宅，不对外开放。一时间，错愕不已。"

我读至此，岂止错愕，岂止神奇，真是一种巨大的心灵撞击！这不就是我们传统民族文化的博大精深和深不可测且妙不可言么?！

李慧作品另一重审美特征在于她速写式的人物素描，蕴含丰富的细节描绘，不跟读者绕弯的主题阐述，说出的少而让读者联想得多的更深层次的生命体验和人生升华。我不必在此赘述书中的篇目，因为读者在

阅读中自然分晓甚至会比我的体会更加深刻。她写樱花，写槐花，写地软，写西瓜，写野趣，写品茶，几乎都是在写生命，写人生，写情感，写思考。

她在《电话》中写了一个陌生人和作者的电话交往，悬念几乎贯穿始终，隐形人也让读者牵肠挂肚，人生对于许多人来说并不那么艰难，不可思议，但对不少饱经磨难的人却是刻骨铭心。他们对光明和幸福的渴望，大约是缺少坎坷的人所无法理解的。掩卷退思的读者自然会考问自己的灵魂，面对社会，面对他们，我们到底该怎样生存，又该怎样去面对和帮助那些无助者！

我极为赞赏《恩不言谢》中《父亲的身影》，作者用了比朱自清的《背影》俭省得多的文字，却为我们塑造了一个并不比《背影》低矮的父亲形象。几乎就只是一个长镜头：从高考教室里走出来的"我"。

人群中，我一眼就看到了父亲，戴着一顶崭新的草帽，穿着平时只有走亲戚才穿的白色的确良上衣，手里是一个白色的塑料袋，洗过的桃子润湿在塑料袋内侧，透着新鲜的红色……

作者此前已交代这桃子是"那个季节唯一且昂贵的水果"，"远远地看着父亲，那一刻，鼻翼一酸，有种流泪的冲动……"

那一刻，为什么不热泪满面、肆意流淌？显然是以更强大的理智在控制着感情，特定的环境，特定的时刻，特定的人群，自然是以一种特定的方式来表达，不是当事人，焉知个中况味？

作者给父亲的背影就那么淡淡几笔，却胜似文字千万，让人咀嚼，让人流连，让人唏嘘，让人慨叹不已！这样的作品是堪为范文的。

女性成为母亲后，她的温柔细腻更多凝聚成了甘于牺牲自我的母爱，成为作家的母爱，则可以得到淋漓尽致的袒露乃至凝固成永恒的雕塑。我特别青睐李慧写女儿的几篇作品，《我要和你在一起》是写5·12汶川地震那个瞬间的，已经离开楼房的母亲为了取件防寒的棉衣不得不重返危险的房间，女儿非得跟上去，到楼下母亲要求女儿必须留在楼下，而且同上楼的邻居叔叔如果先下楼的话就跟上叔叔在小区外安全地方等她。母亲在楼上慌乱中迟了一会儿，一出楼就看到女儿娇小的身影，黑暗中剪影般小小的身影显得那么弱小、无助，问为什么不和叔叔一起走，答"妈妈，我要和你在一起！"

如果说这种亲情大爱还只是给了母亲强力的"此生无畏"的小我的范畴的话，《淡淡玉米香》中那个十一岁卖玉米棒的小男孩，却是得到了女儿人间大爱的典范。妈妈说小男孩"这么大就会做生意了"，那稚气的小圆脸显出严肃的神情：我不是做生意，我是给上学攒学费！这个话让母亲默然，明显震动了女儿幼小心灵的善良琴弦。几天后女儿在街上东张西望，妈妈给她买玉米棒她不要，忽然间她焦急地让妈妈快点给她买玉米棒：

> 女儿湿湿的小手透着汗，急急地拉着我往不远处一个黑黑的角落里跑。我犹豫地跟着。到了跟前才发现，卖玉米棒的竟又是那天的少年！我看看女儿，女儿天真稚嫩的小脸上带着惊喜，兴奋地看着少年。我明白了女儿的用意。

作者紧接着写道："刹那间，那玉米的香味儿一直飘进了我的心里。"而此刻，这香味更飘进了读者的心里。

安徒生童话里有个卖火柴的小女孩，她是那么无助无奈，亮光的一闪很快被长长的暗夜所吞噬。李慧作品里这个卖玉米棒的小男孩，却得到了懂事的小女孩的人间大爱，这让我们多么欣慰！贫穷，也许一下子还不能被连根铲除，但有着这社会的、人间的大爱，有着这来自不相识者的温暖和深情，还有什么坚冰不能融化呢？一个小女孩带给我们的绝不只是一个少年、一个小家庭的温情，这是一个社会一个民族一个国家浓浓的深情！

我特别赞赏《我陪女儿蹚大河》，这是一篇堪称教材而不只是美文的佳作。女儿进入了青春期，她该如何对待这早恋的难题？而女儿的母亲又是如何面对这巨大的难题？

　　不光是女儿，也是我，正在经历一场考验，如果我输了，我会输掉我们十几年来的情感积累，从此'君住长江头，我住长江尾'，虽同在一个屋檐下，但心里已成路人甲。而对于女儿，如果引导失当，无疑是把她推向了更深的风口浪尖，让她独自在茫茫的大河中迷失，那我就成了罪魁祸首……

　　结局是美好的，孩子说，"不用为了一棵树而放弃整片森林吧？"母亲说，"我冰雪聪明的女儿终于顺利地跨过了一个暗礁。"

　　作者用了几千字的篇幅详尽回顾和描述了那段极为坎坷极具风险的日子，波浪时惊心动魄，平静处丝丝入扣，激荡处读者也心急，难受处读者也心酸！待读者终于皆大欢喜，掩卷庆幸时，禁不住伸出大拇指由衷地夸一声：高！妙！

　　这篇作品我以为不仅是文学丛书，包括教育学、心理学、成功学、青春励志类丛书都应该作为教材的，特别是我们今天的社会现实——经济发展了，丰衣足食了，家庭欢乐了，生活幸福了，但没有艰辛，没有困顿，风平浪静、风花雪月中成长起来的孩子却往往简单、任性、孤独、自我，受不了风雨，经不住挫折。他们需要在精神上补钙，需要强化脊梁骨，需要理想和信仰的陶冶。较之孩子，更需要提醒的是我们自以为是自命不凡始终自我感觉良好的家长和长辈，我们尽到了对孩子的教养义务吗？肩负了对民族未来的担当吗？讲究了对孩子教育的方法吗？方法问题那可是毛主席讲的要抵达河之对岸的船和桥梁的问题，弄不好会落水乃至溺水的啊！

感谢李慧的这篇作品还有书中不少作品为我们读者朋友提供了美好的精神佐餐，为社会提供了正能量，为我们民族文明的主流价值观提供了新内容，相信读到这本书的读者会和我有同感的。

忽然想到，李慧在这些作品的字里行间蕴含的智和慧是不是和她的名字有关呢？我没有认为李慧是大智大慧，那就有了吹捧之嫌，但读其作品，你不能不认为她是个智者，更是个慧者。任何人都愿意和智者慧者交朋友吧！所以应该感谢长辈为她起了这么个好名字。说这话是缘于我古稀，已有资格来回顾人生之路，而在这千千万万的人生之路中，人的名字，由长辈赋予的文字，绝不仅仅是个符号，似乎在冥冥之中起着一定的甚或是极大的作用。大约说的远了，打住。

祝贺李慧！祝福李慧！也祝福读者！

当然，我们更该感谢这只可爱的樱桃鹿！

2017 年 5 月 15 日

张书省：中国作协会员、新闻高级记者、陕西省有突出贡献专家、陕西电视台原副台长

目 录

001

故乡的槐花

小时候，每年到了四月份，家乡的漫山遍野便会开满了雪白的槐花。那一串串小铃铛似的、透着清香的花朵给我总是饥肠辘辘的童年带来偶尔的饱胀。

印象当中，儿时的我很少能吃饱。可每年的四月却是个例外，这也让我或多或少对春天总是怀有莫名的期盼，这样的期盼甚至影响了我的成年生活，乃至于现在，到了春天我都会生出一丝的期盼，尽管这样的期盼已与食物无关。

又是一个令人欣喜的春天，照例是春花遍野的阳春时节，随了先生回他的老家。一路上，看着处处盛开的如雪的槐花在绿树中格外亲切，空气中到处是沁人心脾的清香。颠簸中，我的心沉醉在这曼妙的香氲中，往事一幕幕浮上心头。

记忆中的童年满是奶奶的影子。孩提时，关于奶奶的记忆几乎都与食物有关，也难怪，那是一个不是每个人都能吃饱的年代。印象中最深刻的就是奶奶亲手做的香喷喷的槐花饭。到了槐花盛开的季节，在生产队悠长的铜钟声中，家里所有的劳力为了微薄的口粮而终日劳作在贫瘠的土地上，人们不约而同把抢夺粮食的主战场转移到了那些开满了清香花朵的槐花树上。年长的奶奶们早早地收拾了锅灶，胳膊上挎个篮子，手里拿着长短不齐的木钩，一群孩子兴奋地蜂拥左右，奶奶们平日里佝偻的身躯这个时候似乎有意无意地拉长了许多。随着木钩上下移动，一串串鲜嫩洁白的槐花便顺从地落到了奶奶们那干枯的手中。等在树下的孩子们已经急不可待地从各自大人手中夺些槐花，找个地方席地而坐，撸下那散发着清香的花朵大把大把地往口中塞着。常常是不到一袋烟的工夫，槐树下现有的篮子便满满的了，如果这时候谁家的孩子因为贪吃而误食了正钻在花心中采蜜的蜜蜂被蛰肿了腮帮子时，那笑声会延续到随后几天的日子里。

回到家，满满的一篮槐花会被倒进一个大盆子里，用水洗过，沥干水分，奶奶眯起眼睛，从半人高的瓮中费力地掬起半把白面粉，和早已备好了的玉米面一起撒在槐花上，用手仔细地拌匀了，然后往锅里的箅子上铺了笼布，再把裹了混合粉的槐花一点一点倒在布上，粉嘟嘟的如珍珠上落了一层霜，煞是好看。大火蒸二十分钟，锅里咕嘟嘟响的时候，奶奶便会点起一炷香，用指甲在牙齿上划几下粘在香的某个位置做记号，以确定烧火的时间。这时候，是最难熬的：那清香的味道会从锅盖的缝隙里悄悄地溜出来，使劲勾引着肚子里的馋虫，让我总是期盼着能早点吃到香喷喷的槐花饭。有时候我会在忍不住的时候偷偷掐下一节香促使它燃得更快些，可我的把戏最终还是逃不过奶奶的眼睛。好不容易挨到香燃到有记号的位置，随着奶奶熟练揭锅的动作，那小山似的、冒着热气、散发着特有香气的槐花饭就出锅了。我总是迫不及待地伸手去抓，这时候，奶奶总会笑嘻嘻的警告似的打一下我的手，说道："烫着我孙子喽。"说归说，还没等到蒸好的槐花饭盛到盆子里，我的小碗就已满得冒尖了。而奶奶却像是不着急吃似的，一边干着手里的活，一边笑着看我吃。一碗下肚，饥饿的小肚子总算是有了暂时的安慰……

　　"想什么呢?"身边的先生碰了碰我，问道。我的思绪从遥远的思念回到了满眼的槐花中，"想奶奶。"先生默然。三年前，为我做了无数次槐花饭的奶奶在槐花即将盛开的季节中溘然长逝，这是我三年来从不愿提及的伤痛，三年后的今天，才有勇气第一次面对。

　　到家了，远远地看到婆婆在厨房忙碌的身影，空气中传来似曾相识的清香。"回来了，吃饭。"不善言辞的婆婆总是恰到好处地估摸着我们到家的时间，这时候我总能吃上可口的饭菜。小时候的饥饿记忆，让成年以后的我对吃总是有着强烈的兴趣。而婆婆却似乎早就知道这点。"是槐花饭!"我惊呼，先生和婆婆含笑看着我。那一瞬间，我几乎看到了奶奶的影子。

　　啊，故乡的槐花!

2007 年 4 月

茯茶传说

前几日，与两三友人品茶聊天，茶是熟茶，金骏眉、30 年熟普洱和陕西茯茶；友是故交，因此格外舒畅。

金骏眉是今年茶类的宠儿，从当年两百多元一斤到现在两三千半斤，几乎一夜之间，金骏眉从"养在深闺人未识"到身价百倍，看这架势，当下还有大涨之势；而 30 年普洱则像极了养尊处优的阔家太太，低眉顺眼，哪怕端坐不动，也是尽显大家风范。那股陈香渗透出醇厚、浓郁的老茶气息，即使喝到了十泡八泡，依然汤色透亮，口感微甜。仿佛被牵绊住了似的，这两款茶中翘楚在舌尖上曼舞，让人欲罢不能。

相比金骏眉的香甜、熟普洱的陈韵金黄，陕西的茯茶则显得朴素和不起眼，暗自思忖：茯茶，何来之物？这时，一直低头品茶的茶友给我讲了这样一个故事。

600 多年前，明末清初，大吉岭下的藏民扎旺一家得了一种怪病：

口吐恶气，茶饭不思，日渐羸弱，生命垂危，而同村好几户牧民家也陆续有人出现相同症状。人们因体衰而无力放牧，牛羊不得食而声声惨叫，整个村庄笼罩在一片凄云惨雾之中。一天傍晚，一支从陕西出发，翻越西康，跋涉三千多公里的马帮出现在村庄东头，扎旺家帐篷里的缕缕炊烟吸引了马帮头领饥渴的目光。这支马帮，头马为一匹枣红赤兔，一看就是历经古道往返的老马：皮色光亮，四蹄健壮，背驮茶袋，虽然历经跋涉，却不失头马风范。后随五匹稍小些的蒙古马，也是个个背驮重物，一看便知这是一支常年奔走于草原和关内的马帮。马帮头领带领的五位脚夫脸色黝黑，身体健壮，虽显疲惫之色，却仍难掩英武之气。马帮的铃铛声传入帐篷，惊醒了正在起酥油准备晚饭的扎旺。扎旺的妻女都得了和同村人一样的怪病，只有他症状最轻，自然张罗饭食的事就落在了他头上。循着清脆的铃铛声，扎旺起身出了帐篷，见是马帮到来，扎旺顿时来了精神。草原牧民最盼的就是马帮。马帮给他们运来了盐巴、运来了牧民喜欢的布匹和精美的日用器皿，看到马帮，牧民自然是欢喜的当成是自家人。马帮帮主带着他的脚夫进了屋，扎旺的妻女见是来了生人，挣扎着想坐起身，但长期以来的病痛折磨得她们无力坐起。马帮帮主见到这番光景，自然十分好奇，便询问起来。扎旺如此这般一描述，帮主当下便心里明白几分，便拿出一块状似方砖、棱角分明却又散发出植物清香的东西，吩咐扎旺用利器撬下一角，放进正在熬煮的羊奶里一同熬制。扎旺用锥子撬下"方砖"一角，只见暗绿色的断面上，散落着状似花粉的金黄色颗粒，而整个"方砖"摸上去则手感紧致、沉甸甸的。半个时辰之后，当帐篷里散发出阵阵奶香和植物的清香时，帮主嘱咐扎旺一家趁热喝下。第二天一早，草原上现出鱼肚白的时候，扎旺的妻子摸索着走出帐篷，这是她一个多月以来第一次走出自家帐篷，见到草原第一缕晨光。自从昨晚的那碗羊奶汤喝下，仿佛一下子精神了很多，一直卧床不起的她居然在今天早晨能独自站起来了。

扎旺的妻子能走出帐篷了！这个消息像风吹起了草籽一样，瞬间传遍了整个草原，人们纷纷争相购买马帮带来的这种能治病的植物，问起这种植物的名称，马帮帮主只说了两个字："茯茶。"从此以后，生活在草原上的牧民便纷纷喝起了用茯茶熬制的酥油茶，那种口吐恶气、茶饭不思的恶疾从此在牧民家销声匿迹。这种茯茶也被牧民祖祖辈辈称为"生命之茶"。

听完朋友的讲述，眼前这块毫不起眼的砖茶在我眼里成了有灵气的神茶。从600多年前的生命之茶，到现在刚刚拨开历史的尘埃，重现关中名茶风采，这块砖茶，见证了陕西茶人的兴衰起落、百转千回。而600多年前那个不知名的马帮帮主，他一定是从泾阳出发，带着泾河水微咸的涩味、泾河独特的黄河气候和陕西人秘而不宣的制茶手艺，让这块朴素的砖茶走进了藏民的帐篷、迈过了缅甸人的地垫、平静地躺在印度人的烫金茶碗里。

他，就是陕西泾阳县甘镇田氏家族的祖先。

2011 年 1 月

李明/摄影

重庆磁器口茶馆

重庆是一个安逸的城市，有温润的空气，有开得正热烈的红红粉粉的木棉花，不论是白天还是傍晚都笼罩在薄雾中的城市。城在山上，山在城里，一时间让人恍然置身天市。更让人欢喜的是，山城重庆因特殊的地貌，让城市绿化效果仿佛是意外收获：不平的、连绵起伏的绿化带恰似流动的彩浪，让这个城市成长在灵动当中，令人不由的感叹：上帝真是偏爱了这个城市，总能让它把看似劣势的先天条件转化成无人能效仿的后天优势。我甚至揣测，如果自然条件再差一些，这里的人们也照样能化腐朽为神奇，而我们看到的又将是另一番惊艳。

感受纯粹乐天的重庆式生活，当属磁器口。磁器口，位于重庆城西，依码头而建，为重庆众多古镇之一。沿着窄窄的青石板路拾级而上，古朴俊雅的明清古建，目睹了昔日码头的熙攘和历经千年不散的市井烟火气息，黑褐色的檐角一只只红艳艳的灯笼诉说着这里虽起伏更迭却依然繁华兴盛。三五步几级台阶、十来步一段平路、散落在两旁的老铺子经营着旧时的色彩也临摹着时尚的风情。

古街漫步，不必着急赶路，可以吃一碗老外公凉粉，尝一口椒香味陈麻花还有那把历史陈韵烹进香麻锅底的鸡杂，老饕们的享受在此一一满足；走得累了，来一盏清香碧绿、回味甘甜的盖碗茶，在四角方桌的古旧中啜饮码头会的闲散，点一曲荡气回肠的二胡演奏，让灵魂独自在时光倒流般的闲适中手之舞之、足之蹈之，额手称庆本我的真正回归。

让我们度过"天上一日，人间千年"的，是这家名为"钰和祥"的茶馆。茶馆坐落在长街与码头相接的台阶上，是磁器口历经数代依然古风留存的老茶馆之一。步入檀色雕花中门，是三横三纵同色四方桌静默大堂，正前方是一个不大的舞台，已有三五艺人着白色唐装操古筝、扬琴、长笛吹拉弹唱老调新曲，其余三面是茶水、司厨之地。二楼则用竹木材料，做成各个不同名称的隔断包间，想必旧时只有富家阔少才消费得起。由于不是饭点，所以大堂除了台上的演员，并无观众。我们在一楼正中间的桌旁条凳上坐定，片刻工夫，着咖啡色对襟立领唐装、头戴黑色瓜皮帽、肩搭一条雪白毛巾的"店小二"便捧茶而出，这个一副典型川人样貌的小伙子瘦小精干，不大的眼睛乌溜溜传神。小伙子见我们又是点茶又是点曲，便格外周到殷勤。茶到三泡，曲至两首，我们便邀请小伙子为我们用长嘴铜壶来个注水表演，小伙子很是卖力，他的卖力也成了此次磁器口之行的趣谈之一。话说茶水品至三泡，小伙子手提一把长嘴一米有余的铜壶过来续水，前四位朋友他均以正手和背手式高山流水注入，其中一位朋友说，"来个犀牛望月吧"，话音刚落便轮到给我续水。只见小伙子迅速找位，马步立定，双手举着铜壶把手之时，一个漂亮的反身屈膝下腰，瞅准茶碗位置，一柱细细的水龙便准确无误地冲入碗中，茶叶瞬间上下翻滚，好似数双小手揉捻捏搓，真是碗里乾坤小，手中风浪高啊！说话间，眼看着水已添至八分，小伙子依然纹丝不动；眼见水已至碗沿，小伙子仍然屈膝而立；而这时水已冲出茶碗，小伙依然下腰望月；直至水已漫至桌上，小伙子才无奈双膝着地，爬了起来，口里直说"对不起"——原来，只顾望月了，腰上的功夫还缺些火候，以至于眼看着"水漫金山"，却无能为力。大家纷纷以善意的叫好和调侃为小伙子解围，才不至于让这个年纪不大的店小二显得尴尬。后来，不管是我们要求续水，还是陆续来人添茶，小伙子都改用普通茶水壶加水了。

聊兴正酣时，有人提议点首经典二胡曲《二泉映月》。只见刚刚还穿着长袍、戴着瓜皮帽、弹奏电子琴的清瘦艺人，提襟坐定，架好二胡。一个颔首，扬琴起，二胡随，男子一时仿佛化身阿炳，凄凉的身世、谋生的艰难、时局的动荡，这个在最底层苦苦挣扎的劳动人民，用二胡讲述了一代人和一个社会的不幸。清瘦汉子时而闭眼倾听，时而怒目圆睁，时而弓弦翻飞，一时间，整个大厅萦绕着凄婉哀伤。那些拉着包车的"祥子"们、揣着盒子枪虚张声势的军阀们、哪怕是寒冬天也泡在汗水里的棒棒军们，在这歇脚的空儿，把苦难的生活暂且放在一边，说一说今天的收入，互相安慰生计的不易，而我们仿佛就在他们摆着龙门阵的时候，目睹着他们的艰难生活。当我们一言不发，各自沉浸在对曲子的理解中时，只见汉子手停弦住，一曲《二泉映月》已戛然而止，只留下凄婉的余音绕梁不绝。仿佛刚穿越回来，汉子舒一口气，神态微微平和，已然从刚才的忘情中回过神来。这首曲子听罢，众人噤声。这时，一位貌似组织者的中年大姐来问我们下一首听什么，大家都沉浸在刚才的氛围中，一时回不过神来，只听大姐向我们推荐一首由重庆童谣改编的二胡曲《蚂蚁》，还是那位汉子，所不同的是已没有了帽子，想必是刚才投入的演出让他有些汗涔涔，所以，这回出场依然长袍在身，却唯独不见了帽子。汉子先用极为押韵的重庆话说了一段四句童谣，接着演奏了这曲我们从来没听过、却让我们不虚此行的二胡神曲《蚂蚁》。曲子刚开始，精美的弓弦奏出六只蚂蚁依序出场的曲调，小孩子们一个个兴奋观看清点数量，随着蚂蚁的移动，孩子们看到了蚂蚁们之间的排队、搬运、整队等口常生活场景。这首曲子我们从来没有听过，用二胡把一首童谣改编的曲子演绎得如此传神，成了我们今天最大的听觉盛宴。也许是遇到了认真听他演奏的听众，汉子的这次演奏明显不同于前面几首曲子，只见他完全沉浸在自己营造的氛围中，仿佛变身一名观看蚂蚁的孩童，面部表情伴随着熟稔的弓弦纷飞变化着，眼神时而喜悦，时而激动，身体也随着音乐的跌宕起伏俯仰，动情之处，汉子仿佛发现新大陆一样，兴奋地起立狂喊。一曲结束，掌声如雷，举目张

重庆磁器口茶馆

望，才发现刚来时空着的桌子上都围满了人，大家被这样精湛绝妙的表演而震撼，掌声经久不息。后来才知道，这汉子是重庆巴人乐团的职业二胡演员，难怪曲子拉得这样传神。这首曲子彻底引燃了大家继续倾听的热情，《赛马》《泪蛋蛋掉在沙蒿蒿里》等一批经典曲目纷纷上演，这还不过瘾，又点了几首笛子独奏。台上的演员也是倾力表演，霎时间，我们仿佛置身金色大厅，畅享民乐专场。

一个下午，一盏清茶，几首倾心演奏的曲子，三四个小时就这样悠然而去。一个城市，吃有特色鲜明，乐有自在场所，就连码头会这样专为劳动人民服务的场所，也少不了曲子点缀，让我们不得不佩服山城那秉承了数千年的文化底蕴。有闲情生长乐趣，这个城市当然是一个快乐的城市。

2011 年 11 月

拾地软

前段时间做梦，梦见自己在一片草地上，忽然发现草棵子里一朵一朵硕大的黑绿的地软。我满怀欣喜，拾呀拾呀，拾了满满一筐子，兴奋中使劲儿把筐子往身上一背……猛然惊醒，这才发现是在梦中。

"地软应该是一种菌类，而且只有生态环境好的地方才有。"听我痴人般地说梦后，朋友幽幽地说。说过便罢，谁也不曾提起。

今天早晨，一醒来就发现手机里朋友发来的短信"我找到地软了，快来"，并附上彩图及地址，我一跃而起，顾不上吃饭便驱车前往。一路上，心情颇为激动：这种和酸枣、甜秆、蜜蜜根、"鬼豆豆"一起伴随我度过零食稀缺的童年里特有的吃食，如今怎么就突然让我和久远的童年有了密切的触碰呢？我很期待，因为来得突然，我不知道这份触碰会带给我怎样的惊喜和回忆。

伫立在滨河路上，昨夜的一场秋雨，让今日的渭河格外澄澈纯净，渭河水平静而无声地流过，宛如一匹从天而落的绸缎，静静地在阳光下闪着碎银般的光泽。河岸边秋粮作物已处在收获期，沙地上的花生正在收获。有农人在地里掰苞谷，一人多高的芦苇在秋风里摇曳生姿，各种不知名的野草沐浴着秋日的阳光。目之所及，连绵的黄绿色让秋风中收获的味道愈发浓厚。朋友在远处向我招手，我缓缓地漫步河堤，生怕惊动了正在成熟的庄稼。

这是一片水肥充足的沙地，蒺藜、扒地草、狗尾巴草用旺盛的生长展示着它们强大的生命力，蟋蟀在秋风里鸣叫着爱恋的喜悦，蚂蚁忙着搬运成熟的草籽，羊肠小道边一畦畦红薯、黄豆茎肥叶绿。我一路寻找，低头垂目之间特别留意那些低矮的沙草——这是童年拾地软时对它栖身地的唯一记忆。约莫走了十几米，没有找到一朵，除了脚下碎石中顽强的野草，似乎朋友发来的图片里那一捧水灵黑碧只是一场了无痕迹的梦。

"找到了吗？"我摇摇头。"来，在这边。"朋友指着脚下一丛枯黄的干草，我狐疑地看着他，蹲下身去，扒开草秆已经衰败、根部积着落叶的野草，果然，一朵硕大的、闪着黑绿色光泽、水润柔软的地软赫然入目。这是一种怎样的相逢啊，仿佛三十年未见的老友，虽未相见，却从不曾忘怀。恍惚间，仿若回到了那梦中的青草地，儿时的我和小伙伴儿们轻快地行走在雨后的草地上。空气中浓郁的泥土芳香，和着即将饱餐的企盼和喜悦，那是怎样的一场心灵盛宴啊。穿越三十年的时空，我和儿时的我凭了一朵柔软无物的地软不期而遇……

我伸出手去，带着几乎是虔诚的心，轻轻地揭开它，这朵载有我童年记忆的地软带着大地特有的温润舒展在我的掌心，我仔细端详着，怀揣着童年无二的喜悦，注视着它：透着碧黑，薄如蝉翼，如此硕大，却身段轻盈，一如饱含了大地深情的黑绿色的花朵。放它在鼻下，那种独有的、菌类的清香让我身心愉悦。是的，就是这种清香，在我童年不知疲倦地寻找中带给我多少惊喜和得意。我探下头去，细细注目我摘走地软后那一小块微润的土地：枯黄的草茎下，是几片已经腐烂的草叶，昨夜的一场秋雨让这些腐殖质为地软的成长提供了最好的营养，周围淡绿色小小的苔藓群在草根周围无声地保留着水分。这一切仿佛在告诉我，我手中这朵硕大的地软是如何长成的。

一路聊着，我们手拎袋子不断有新的发现。比如，地软很少单独一朵存在，如果找到单独的一朵，往往紧跟着在旁边十几公分的地方必定有另一片。这些雨后的精灵一小片一小片连缀着长在一起，仿佛一只无形的手撒下的种子，只不过撒得稍微稠密了一些。

一会儿工夫，我们就一人拾了小半袋子。休息的时候，我特意找了一片没有采摘的地方坐下来，想更进一步地知晓它。我发现，随着太阳的升高，这些因雨而来的生物似乎也随着高温慢慢蒸发了，他们到底去了哪里呢？我寻找着，摘下一朵即将干枯的地软，湿润的一边依然显示着生机，另一边却干枯蜷曲，而在它的边缘，完全干掉的部分已经化成一片黑褐色，和紧邻的土地别无二致。我恍然大悟，怪不得我来时怎么也找不到它们的踪迹，原来在人来人往的小路上，柔软的它们不堪踩踏、曝晒已经回归土地了。因土而生，复又归土，完成了它们短暂的生命历程。

地软是大地开出的花朵。只要一片草的阴凉，几片腐叶的庇护，还有一点秋日阳光的照耀，它就能在沉寂中默默开花。虽然你不曾留意，或许还曾踩踏，但是它们却始终努力着为大地奉献黑色的花朵，这花朵像极了一种叫作夕颜的花：傍晚酝酿，晨起开花，阳光热烈时悄然融入大地。不惊艳，不经意，给有心人奉献一份美味，了却作为花朵的心愿。

我们又何曾留意过这份情怀呢？于我，是少年时果腹的美味，如今，我却要感谢这份重逢了：我们又何尝不是地球母亲怀抱里开出的花朵，只有也只要尽力开放，不论是否有人采摘，有人踩踏，只要那么一点阳光、一点雨水、一点庇荫，便要努力地开出生命的花来，哪怕夕开朝落，也要怒放一份生命的尊严！

听来的女子

　　每月 20 日，是她雷打不动的日子。一早，她细细梳洗，寻找衣柜里不多的衣物中稍微成色新一点的，思忖再三，拿出这件白底蓝花的中式上衣。她稍稍犹豫了一下，想起上月这天穿的是一条白色裙子，就不再犹豫，利索地换上。对着镜子，默默绾起快要及腰的长发，在脑后盘成一个发髻，镜子里那个肤色白皙、大眼樱唇的女子便端庄而出。她端详着镜子里的这张脸，和九年前一样，只是生活的艰辛让她的眼角多了几道皱纹，不过，这短短几道，却凭空给了她一份成熟的雅致。她摸摸自己的脸，凤眼滑过一点少女的娇羞，这娇羞只一闪，便在心里换成无声地轻叹，转身去叫熟睡的儿子。

　　十岁的儿子，眉眼里已有了小小男子汉的气概，和他一样，虎虎生气，给了她无数的期盼。更难得的是，儿子格外懂事。她在心里很是感谢儿子，让她在这九年不长不短的时光里，始终心存希冀。

　　汽车颠簸在山路上，她已熟悉了这样的颠簸。这条路，那头是她爱着的男人——还有九个月，男人就出来了。23 岁上，她成了他的新娘，生了虎头虎脑的儿子；他却受人牵连，抛下她，去了那个没有自由的地方。从那时起，每月的这个时候，都是她和他相见的日子，带着儿子去看他，风雨无阻。男人也因了这份牵挂和探望，努力改造，提前三年刑满释放。这次去，或许在大门口她就能看到日思夜想的身影。

　　想起男人快要回来，她侧头看看臂弯里熟睡的儿子，脸颊泛起一丝红晕，心里漾起淡淡的喜悦。这份喜悦，让她早已将这三千多天的苦涩和生活的不易压在心底，她想，男人回来了，日子就要好起来了。

　　这世间的女子，美貌的不少，而如她一样，真正坚守这份美丽的不多。她，是我听过的最有气性的女子。

2015 年 6 月 30 日

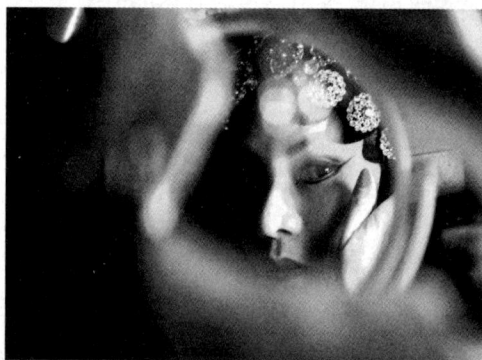

李明/摄影

青海之夜

夜宿青海湖。窗外，是赶了一千多公里路的心水之处。

一路上，虽经历种种极端天气和不同路况，但终是如期到达。成群的牛羊在刚下过雨的草原上悠闲吃草，炭色的牦牛披挂着长长的黑毛缓缓移动；远山是深沉的藏蓝色，如缕的白云缠绕着山头，缠绵而悠长。同样是蓝，青海湖如一匹明亮的蓝缎，把远山的黛青映衬得层次分明，湖边红顶小屋，近处的油菜花黄，明信片般色彩和谐，屹立千年。不论你来或不来，这静美一如初现。

正值旅游旺季，青藏线上车辆不断，如同母亲归途的儿女，不远万里，只问归处。感谢一路堵车，让人有机会近距离一睹草原。看呐，连绵如绣毯般平整的草原上，每隔三五里就散落着白底彩花的蒙古包，包外的草地上斜撑着三三两两的摩托车，蒙古包顶上，炊烟袅袅，随风飘荡出细细的一缕，不久便缓缓消散。路边，抱着孩子的年轻母亲，脸上是常年高原烈日照晒特有的黝黑，布满皱纹的眼睛安详而坚定，怀里的孩子在吃奶，母亲丰满的乳房裸露在凉爽的风里，一如早起生火煮茶般自如。你看到的是不尽的游人，我看到的是母亲，一如博大的草原，不论经历多少铁蹄践踏，迎来多少禁牧和雨季，依旧淡然而平静，仿佛从未历经雨雪风霜。

近之愈怯。虽然早早到达，却不急于欣赏，甚至傍晚的散步也留在房间，如同约会久违的恋人。近在眼前了，反而不那么急迫，只是不得不压抑住心头的激动和喜悦。我要整理好心情，忘却追随的疲累和无谓的想象，只把眼前当作永恒，为自己也为美景留一份恒久美丽，因为我知道，这一刻的欣喜和爱，过不了多久，都会被世俗烟火掩盖、冲淡，而我要的是贪心的永恒。

晚上的湖边，经历了游人一天的喧闹，人潮慢慢退去，雨，又一次不期而至。隔着一条公路的距离，暗夜把湖水、远山收入囊中，白天的美景神奇消失，眼前只是一味地黑，像是浓墨打翻在宣纸上，没有纸的白，只有墨的黑。这黑，谜一般直伸心底，压抑而使人敬畏。坐在车里，看着不远处的青海湖，虽然看和不看区别不大，但是你终究在我眼前了。我想象着你此刻的样子，这谜般的温柔虽然对看到的人都一样呈现，而我却固执认定你只让我独享。是啊，这夜色里，疲累的旅人已进入梦乡，只有我在无边的暗夜里聆听你的呓语。这湖边开店的人们，依着你繁衍生息的人们，你的美或许已经熟悉而习惯，而我历经耳闻和想象，又长途跋涉了一千余里，心底里无数次的呼唤，才换来今生这一次相遇。我知道，你，定会为我而美丽。

我期待着。

雨大起来了。星星点点滴落在车顶，和着路过的车轮碾压大地的隆隆声，在这静夜里沉溺而神秘。耳朵里头一次有了不适感，惯听了欲望的浮躁和喧嚷，在这天籁里，心沉静下来，身体却稍有不适，暂且认为是高原反应吧。随着车子渐行渐远，连这最后的隆隆声也远去了，只剩下雨声，滴落在我静听你的思绪里，一如你千年的静修。而我，还没见到你，却已迷醉在你的神秘里。

2015 年 8 月 3 日夜. 青海湖边初稿

2016 年 2 月 2 日定稿

李明/摄影

藏民尕太多杰一家

清晨，推开窗，就看到青蓝色宝石似的、半悬挂于群山环抱中的青海湖，经过昨夜一场暴雨的洗礼，在蓝天的映衬下显得格外通透。青海湖常年气温在 15 摄氏度左右，恰如天然宜人的空调房，舒适而惬意。青海湖藏语为"温错波"，意思是"青色的湖"，不亲眼看见，这青色果然无法点墨陈述。

结识牧民尕太多杰一家纯属偶然。在一个通过往草甸深处的路口，远方棋盘似的红色砖房，散落在茵茵的草原上，人类天然的好奇心，让我带着孩子们一探究竟。

这条乡间小道，坑洼而曲折。两边是大片的草原，正是草场肥美的时候，像是一大张毛茸茸的绿毯静静地覆盖着广袤的原野，各色野花点缀其上，清新而美好。汽车声不时惊起探头探脑、四下张望的草原鼠，发现我们这些不速之客，又以极快的速度钻进附近的洞里。车行大约五公里，路过一间红色砖房，边上拴着的一匹黑马提醒我们这里有人家居住。继续前行不到五十米，远远地看到山坡上有个人在低头找着什么，彼此挥了挥手，算是打招呼。这人极快地从草坡上下来，是位藏族大妈。大妈用不太流利的汉语招呼我们："去我们家喝酥油茶吧！""真的可以去吗？""前面就是我的家，走吧。"短短几句话，点燃了我们的好奇心。顺着大妈的指引，猜得没错，刚才路过的、拴着黑马的那间红砖房就是这位藏族大妈家的"门房"。

这是个地势略显陡峭的小山坡，房子盖在坡顶，一人高的青草和白色的野花郁郁葱葱，脚下是软和而密实的青草，阳光照在身上，那种只有深秋时节才有的凉意阵阵袭来，舒适而清爽。这位 63 岁的拉莫加大妈用连比带画、藏汉夹杂的语言告诉我们，她家里有三个儿子和一个丫头，老伴和儿子们都不在家，丫头到更远处的山坡上放马去了，家里只有最小的儿媳妇卓玛和三个小孙子。说话间，我们已经走到了坡底，抬头望去，这一排砖红色的房了在蓝天白云的映衬下，显得格外安静旷远。沿着坡道，右手边是一大片一人高、开着白花的植物，左手边是一大堆狗舍状、黑炭色的东西。问大妈，这是什么？大妈说，这是马粪。在草原，牛羊马粪是一家的主要燃料，粪便数量的多少，既是一家人勤劳程度的体现，也是财富的象征。用手摸了摸，很硬，干燥的马粪没有任何异味，倒像是一堆规整的柴垛。这时，山坡上迅速跑下来一个七八岁的小男孩，戴着一顶两边卷起的草帽，典型的藏民肤色，一对深褐色的眼睛透着热情和纯朴，丝毫没有胆怯和防备。不知拉莫加大妈用藏语说了什么，小男孩蹦跳着往坡上跑去。等我们走到房子跟前时，一位身材圆润、美丽大方的藏族姑娘笑眯眯地看着我们，用不太标准的普通话请我们去屋里坐。我想这就是卓玛了。进屋，典型的藏家装饰，不大的炕上，铺着两块印有民族图案的藏蓝色毯子，炕边有一个带烟囱的火炉子，炉边是火钳、水壶和一筐马粪。拉莫加大妈一边招呼我们坐，一边麻利地燃起牛粪煮酥油茶。透过窗格，一大片绿油油的草场起伏连绵，那匹刚才还在坡底的黑马已经挪到了坡中央，甩着尾巴，悠闲自在。这时候，刚才蹦跳着的小男孩跑进来笑眯眯地看着我们，用流利的汉语说，我给你们表演翻跟头。步出屋外，小男孩便带着一个三岁左右的男孩就地翻起了跟头，稚嫩的动作，加上小孩子翻歪了的可爱样儿让门前不大的平台顿时热闹起来，卓玛也带着另外一个更大点的男孩加入了观看的队伍中。小男孩翻完了跟头，又抓起塑料弓箭给我们表演射箭，虽然道具是塑料的，但是一招一式俨然就是草原骑手的标准姿势。这时候，小男孩又拿出作业本，让我们看他写的作业。扉页上，"尕太多杰"四个字映入眼帘，"这是你的名字吗?"小男孩点点头。

这时，拉莫加大妈过来招呼我们喝酥油茶。煮得滚烫的牛奶，和着砖茶特有的茶香，散发出浓郁而奇特的混合香，拉莫加大妈端来一大块黄亮亮的酥油，用刀子起下来一块，放进我们的碗里，顿时原本雪白的奶茶晕开了一圈亮黄的油泡，绵密的油香和着奶香，浓郁香甜。就在我们喝着酥油茶的时候，拉莫加大妈又端来一盆干黄的馍馍，比画着示意我们蘸着酥油茶吃。单吃有些干硬的馍馍，一旦遇到了浓郁的酥油茶，便变得松软可口，老人说这是她亲手做的，里面黄色的部分是酥油。尕太多杰这时候小声说，多吃点，很好吃的。看着拉莫加大妈忙里忙外，又比画着喂孩子吃馍馍，身边依偎着尕太多杰，不善言辞的卓玛抱着最小的男孩笑眯眯地看着我们，家的感觉瞬间在心里升腾。草原人的爽朗、善良和热情，都包含在这一碗浓郁的酥油茶里，让我和孩子们感受到最本真的人与人之间的情谊，一如辽阔的青海湖，纯粹而美好。

快乐的时光总是短暂。拉莫加大妈伸出手，拥抱着我，这张编着细密的辫子、透出健康的阳光色的脸庞，再一次让我感受到了真诚的含义。尕太多杰跑进屋里，出来时手上多出来一个小本，我一时不知是什么意思，卓玛说，尕太多杰让我们留下电话。写完号码，轻轻拥抱着这个纯真的草原小男子汉，心里默念着，我还会来看你。

和拉莫加大妈挥手告别，回头望去，尕太多杰小小的身影还站立在屋前，不断朝我们挥手，直到我们即将消失在坡底的拐弯处……

2015 年 8 月 5 日于黑马河乡．初稿

2015 年 8 月 9 日终稿

2015 年 8 月 21 日定稿

青海路上，那匍匐的敬畏

敬畏是一种修养，更是一种态度。这态度无关职业，无关生存现状，你对生活、对他人的敬畏程度，其实就是自我内心的映照。所谓于无人处见真心，即是如此。

一向倾心青海湖，以致相思成痴。去年八月，带着女儿自驾前往，下了高速进入青海省境内，青藏公路连绵起伏，白云、蓝天、草原，让视野格外开阔，一路劳顿瞬间消弭。

青海，以青海湖著称，青色海水宝石般镶嵌在绿毯似的草原上，周围群山环抱，辽阔宜人。这一方广袤的草原，养育着拥有大地般博大胸怀的儿女，不论你是藏民还是汉人，来了就是客，就会以醇美的酥油茶相待，就连眼神里也是真诚友善，让你不忍离去。而一路或成群或独行的藏民，不时地匍匐在地，以磕长头的方式，向着拉萨方向，只为完成朝圣的心愿，那份执着，让人肃然起敬。绵长的青藏线上，随处可见席地而坐的游牧同胞，他们往往都是举家出游，寻一处水草肥美处，铺开彩色毯子，摆上各色美食，一边吃一边用藏语交流，那神情自在而愉悦，仿佛身下不是草地，而是软和的沙发，而此刻他们正坐在自家的客厅里享用美餐。是啊，只有心存热爱，天地人在他们眼里才会如此亲切而自然。

看到美，也看到让人心痛的不悦。磕长头的藏民，每当在尘土飞扬的土地上匍匐下他们的身子，三步一叩时，我经常会看到我的汉族同胞加速上前，扬起车后一片尘土，急刹车停下来，等着他们，近距离举起手机或相机正面拍摄，时不时交头接耳议论一番，丝毫不觉得这举动亵渎了那份虔诚；甘南藏区拉卜楞寺里，出于对这座百年古寺的保护，喇嘛讲解员一再提醒寺庙内不能拍摄，可依然有游客不听劝阻执意拍摄唐卡；高速路上，变道、超车不打转向灯，夜间远光会车……每每这时，总让我如大石压顶。

旅行，不仅是暂别柴米油盐的琐碎，更是带着我们内心的积累在行走。我们对他人、对自然的态度，不仅仅体现着我们日积月累的自我修为，更是对"我"之外万物的自律，只有心存敬畏，才能行有所止，言有所律。我喜欢行走，更喜欢有尊严的行走，这尊严里，说到底还是更爱自己多一些，因为，一个爱惜羽毛的人，不会让自己的羽毛有污。

2015 年 8 月 9 日

安顿生活的香气

打开柜子，那包从青海带回来的黄蘑菇静静地躺在里面，独特的菌类幽香使得木质的柜子也散发出草原的气息。一直不知道如何安顿这独特的香气，因此，它便独自绵长。

读于丹的书，看到作者对星云大师熬制的菌汤的评价，即刻灵光乍现，一跃而起。昨夜熬制的高汤，最适合与这草原的精灵共舞，岂不是一场美味的邂逅？

清洗、文火，砂锅里，黄蘑菇在奶白的高汤里慢慢舒展，回缓成生前的模样，精致的伞盖在这奶白里离散又复还，一如游荡的旅人，不断地离开又返还。空气里骨汤与菌的异香渐渐弥漫，这时才心安，一个多月的苦思，终于给了这份草原礼物一个理应的去处。

继续读书、喝茶。在滇红浑醇的茶汤里，抿一缕回甘的绵长，这甜蜜的留香一直以来是我的最爱。闲暇时间，哪怕仅是一炷香的时间，茶是必不可少。净壶、温杯、洗茶、出汤，看条索紧实还原成叶芽舒展，一泡、两泡，那清浅的淡黄酽成漂亮的金黄，在这水汽氤氲的况味里，身还在，心已远游。

朋友说，你的文字总是有着小儿女的走心。外面的世界太喧嚣，没有了女红的牵襻，也无须旧衣的补缀，现世里的女子该如何安顿作为女子的小情思？我想，只有这生活里的点滴，哪怕只是一盅煲汤，或是一盏香茶，哪怕蜗居城市一角，也可让时光散漫成草原的模样，让生活停留在灵魂的香气里。

2015 年 9 月 4 日

李明／摄影

花团锦簇里，你是我这一世的加持

　　春日里的小城，总是别有一番韵味。因了小城的农业特色，以及浓郁的园林风格，因此，杨凌注定与别的城市有着骨子里的差别，也更让人留恋。之所以留恋，莫过于春日苦短，故而弥足珍贵。

　　在西北，春秋总是分外短暂，短到来不及回味就倏然而逝。从迎春花冒出鹅黄色的小喇叭开始，这一季的花信便登场了。大朵的玉兰在干枯了一冬的瘦硬枝条上分外惊艳，还没等玉兰的叶子吐绿，杏花、红叶李、桃花、棣棠仿佛在一夜之间被惊醒似的，纷纷追赶着春天一日高过一日的地气，觉醒着它们灿烂的盛放。春天给了花儿怒放的机缘，花儿们应和着春的加持，两厢不负，彼此成全。于是，这一季便格外让人心思飞扬。

　　在这春天集中而短暂的花期里，慕名而来的市民及周边的人便驱车而至，喧闹着、嬉戏着，解放一冬的沉闷。一时间，花开得热闹，人也跟着鼎沸，似一锅煮开的水，终日沸腾。

而我独爱樱花。

春夜游人散尽，踟蹰在樱花大道，细细抚摸着樱花柔软丝滑的花瓣，凝视这重瓣的柔媚，我独享着这专属的满心欢喜；暗夜里花下沐香，细细分辨是粉瓣还是白瓣，抑或不常见的绿瓣，即使月斜楼上五更钟，也不肯离去；雨丝纷落时，聆听如婴儿肌肤般的花瓣接受洗礼的声音，把自己想象成树的模样，陪花们在风雨里飘零……

年年痴迷，年年宛若初见。昨夜里，惊风乱帖芙蓉水，密雨斜侵薜荔墙。窗外一阵紧似一阵的风声，让我骤然惦记起正在落花的树树樱花，心里着急起来，不知这一场疾风骤雨是不是加速了它们的回归。一大早，急急出门，生怕脚下慢了，错过了这一季最后的樱花雨，虽说昨天已将这最后之美刻在记忆深处，可骨子里的贪恋只催得脚下生风。果然，在急促的细微带喘中，我再一次来到昨夜看望过它们的地方。湿漉漉的空气里，潮湿着早春的气息。那柔美的落红无数，给了大地一片浓郁的胭脂色，这粉红缤纷掩盖了昨夜的风疏雨斜，也给了我再一次惊喜——我知道，你终究是懂我的，让我在这落花如雪的季节里，还有机缘和你再次重逢。

我伫立在晨光中，目送你无法挽留的悄然离去，空气里是你留给我的最后一抹暗香，让我独为你的飘落而暗自留恋。我苦思冥想，极力搜寻记忆中还有哪种花能极盛时不张扬，零落时美到极致，哪怕成泥，也要在大地上舞出一片华丽。而我枉然，纵使花中翘楚牡丹也难逃零落时的不堪，把大片的花瓣憔悴成昨日黄花无力地摊在泥里，最是人间留不住，朱颜辞镜花辞树，额外的让人唏嘘不已。而我看到的你呢？目之所及，树脚下、草丛里，抑或是水泥路面，你借助风力完成了最后一次华丽谢幕，那曾经温柔的重瓣在大地上无声地叠加，恍若把繁盛再一次开放在泥土里。那地上厚厚的一层啊，是你作为花朵对懂你的眸子最后的盛宴：盛开时，尽情怒放，粉也好，白也罢，丝绸般的花瓣重叠出百媚千娇；那么凋零呢？也要如此隆重，把作为花朵的最后作别演绎得如此热烈。让我不由得心生敬意：你是多么的爱自己，来也罢，去也罢，都不肯辜负这一轮回的美丽。哪怕是冰凉坚硬的水泥地，也要盛装装点，把冷漠消融在这温柔的沉醉里，惟愿长梦不醒，犹如一场春天的梦，夜半来，天明去，只把美丽留与人间。

　　花且如此，那么人呢？

2016 年 4 月 12 日

小漳河的春天

遇见你，几乎是猝不及防，一下子撞了个满怀。一时间，让我心如鹿撞，怦怦地跳动仿佛在宣告，你这副我梦中预想的模样，准确地击中了我。

那一瞬间，直觉告诉我，你就是我的爱情，是心底里千呼万唤的爱情，就像曾经在梦里无数次遇见的那样，你把我对你的想象完美地呈现出来，和我的渴望一模一样。让我不由得惊叹，这世间果真有这样的爱情，他的所有，和你的想象完全一样，恍若因你而生。

让我动心的你，是在拐弯处的遇见。那是一个春日的午后，在俗世的忙碌中焦头烂额不堪一击，只是想暂时逃离这红尘的琐碎，我便鬼使神差地走向了你。尽管中途还迷了路，车子拐进一处村庄的死胡同而无法掉头，也尽管一路颠簸，可这些都在遇见你的一瞬消弭，心里不禁感慨道，一切都是值得的。这份鬼使神差，或许就是上天的注定，遇见的是你，而不是他，我想，我和你是有着这份机缘的。

在你让我惊艳的那个拐角，一抹夕阳的赭红正缓缓落下，一如国画里的浓淡相宜。熟透了的柿子一般的夕阳，正缓缓地下坠，仿佛那夕阳长了脚，而脚下灌满了铅块，在行走了一天之后，分外疲乏，于是，这行走也是片刻不停。春日的林梢顶着一抹嫩绿，鸟儿清脆的啼鸣回荡在这悠悠的河谷里，脚下的野花静静地开放，就在这辽阔的寂静里，我遇见了你。你一直在这里等我吗？我的小漳河。

我的心怦怦狂跳起来。

我不是矫情的人，也从不拒绝美好的事物，甚至于这么多年，我守在你的身侧，却从未走近过你。我听过你的名字，也在别人的描述里知晓你的改变，还在无数人的镜头里看见你的模样，可是那又怎么样呢？我始终还是那个摸象的盲人，所听所见也并非你的全貌。佛家说，不应住声香味触法生心，而今天，我终于在这前世的注定里，与你相见。

我沿着你的一侧，蹑手蹑脚地缓缓而行，生怕我的到来惊扰了你千年的清修。河岸有些潮湿，草叶上泛起了露珠，行走在这无限的寂静里，我独自欢喜，静静地独品这份一见钟情。

在这无边的春日傍晚，你的一草一木，你裸露的黄土，你在河心里横亘着的枯枝以及大蓬蓊郁的水草，都让我惊叹，你居然在这人造的景观里保留着一份天然的纯粹，恍若儿时我在你的身体里嬉戏凫水。曾经的少年，已然不惑，而你却依然用你旧时的美好，让我封固在记忆深处的乡愁一寸寸蔓延上来，一如打开的时光隧道，我在这深深的寂寥里返老还童。我要谢谢你，让我还能在这钢筋水泥里眼见乡愁，生出清净心。我明白了，你是来度我的，让我在日渐繁杂的尘世里，生出一份出离心，既见自己，又见他人，因无所住而生本心，我应谢谢你。

我沿着你湿漉漉的岸边，让这份惊喜缓释。你蜿蜒着，并不笔直，而这蜿蜒却平添了你的一份妩媚和调皮，因为我不知道你会在哪里生出个拐弯来，也不知道你的哪一段会是怎样的景观，这谜一样的揣测让我兴致盎然，甚至多出一份期待来。刚刚走过的拐弯，那棵不知为何会断掉的巨大的水柳，丛生了许多的新枝来，围着那粗壮的树根，仿佛团团坐的孩子们，茁壮而努力地抽出新的枝条；清澈的河水里，状如发丝的水草，随着河水缓缓地漂浮，妖娆如少女的细腰，惹人不禁多看一眼。眼前那个小坡啊，走的让人如赴约般心急，站定之后，才看到一段笔直的小路，在两旁的杨树掩映下，上演着美国公路电影才有的春色无边；而那急弯处，一片浓郁的花香惹人迷醉，停车坐爱枫林晚，哦，原来不是枫林，却是一大片雪白的牡丹，开在这寂静的空谷里，无人自芳，那硕大的花朵掩藏着心事一般浓黄的花蕊，春风里，直把一阵阵沁人的甜香送入心底；而在绿树里掩映的农庄，更是如世外桃源一般，在迷离的夜色里撩人心绪。走近一看，草房茅屋，绿树郭外斜，院子里的桃花已谢，新叶正浓，树下的石凳上，只需一壶新酒，两三小菜，身边是你的淙淙，这日子，分明就是烟火神仙。

　　我立定下来，静静地让你的气息把我包围。我沉迷在幽暗而发散着草木香的气息里，深深闭目，我想，我是何其有幸，在你最美的春色里，不早也不晚，与你相遇。只这一刻，便也是千金不换。

　　我裸露在微微夜色里的肌肤，沁了些许春日里独有的微凉，清新舒适。寻一处刺玫花开得正盛的草地，挨着朵朵馨香而艳丽的花朵坐下，铺开随身带着的茶巾，布上茶器，摘一朵半开的紫红色刺玫，点缀在茶杯之间。洗壶、温杯、醒茶，为自己泡一壶浓香的普洱，我要把这即将到来的月色，和着山野清香，为我们的相逢干杯，我默默地啜饮，与你寂静欢喜。

　　我的小漳河，我的出世之地，我要在你的美貌里，做一世烟火神仙。

　　　　　　　　　　　　　　　　2017 年 5 月 3 日初稿

　　　　　　　　　　　　　　　　2017 年 5 月 8 日定稿

也说茶

　　所有茶里，最爱熟普。一喝十几年，哪怕在老茶客的眼里，熟普洱的没有变化，也在我这里成为一种优点，不喜变化的一个人，连口感也能十几年如一日，到底是把骨子里的惰性保留到极致，也是给自己的懒找个去处。爱茶，却从来说不出泡茶的种种烦琐名称，更不知熟普洱之外的其他，所知的，仅是被老茶客引导喝过的几款特殊的极品茶——那香气和口感犹如面见形形色色的人，一茶一性，各有千秋。所以伪茶客写茶，一开始就是个伪命题。

一

　　喜欢喝茶的人，都喜欢分享。天上地下、奇闻轶事，就着兰花香气浓郁的铁观音能侃，和着独特口感的单枞也能说，伴着烟熏气扑鼻的正山小种好像也可以，甚或是一杯我觉得寡淡的龙井，只要是茶，就看对面坐着的是谁。简单地吃茶，间或论茶，说出来的是愉悦，品出来的是性格各异、口感不同的老叶新芽。这时候，因了一盏茶，新朋旧友各自欢喜。所以，一泡下来，身心俱爽，轻盈不少。

二

喜欢喝茶，要和对的人。朋友的茶店偶得一款普洱野茶，仅一泡，微信约尝，正值开会离不开，约在了第二天，连几点都定死，朋友说你不来，我们不喝。这约定，比起你不来、我不老实诚许多，不喝能做到，不老的话，有吹牛之嫌。说到底，茶还没喝，这份情谊已让人心动不已。和对的人喝稀缺的茶，这份情谊，李白的好友汪伦也自惭不如。

三

嗜茶的人，都是爱自己的人。为了这一点口舌之欲，置办茶具、茶叶，甚者会专门辟出一间茶室，仿佛在这滚滚尘世里有了一隅清静之地。一个爱自己的人，也是无争的人，争名、争利、争财、争权，争来争去，不论失势还是得手，都得费一番心思，都有一番复杂的滋味无处诉说。爱茶的人，是不屑于争的，这么爱自己，哪儿舍得让自己为一个争字受煎熬？遇到爱茶的人，不嫁不娶，至少也要交个朋友，那份云淡风轻，会让你觉得交往自在。

四

喝茶，还有一个赏心悦目的理由，那就是器。色、香、味、形、器，用来形容茶最合适不过。说到器，就不得不说春秋时代的越国大夫范蠡，也就是卧薪尝胆的主角儿勾践的扛鼎小弟，"家有千金，行止由心"，说的就是这类角儿。对苎萝村的西施姑娘一见倾心之后，虽说忍痛割爱拱手让美人，但到底成为中国第一代自由恋爱的典型，比小二黑和小芹直接早了上千年，而这壶中经典西施壶则据传是范大夫灭吴之后，和西施隐迹江湖、泛舟五湖的谋生之作。西施壶圆润丰腴，线条紧致，一如风华正茂之时的美女西施。正所谓，了却君王天下事，赢得生前身后名。携美人棹舟湖上，寄情山水，乐何如之？

2016 年 4 月 22 日

不亦乐乎

一

临潼一小镇新建了贾平凹文学馆，久已慕之，终能成行，却因错过开馆时间而不得入。遂绕馆一周，以解失落。复回馆门口，见一中年男子扛木棍而出，灵机一动，上前询问：是否前往馆南打杏？男子秘而不宣。遂告之：吾可帮忙张衣如网，只求予一颗即可。男子大笑不止，点头应允。果如，他以棍击树，我树下张衣接杏，如前，予我一颗，速咬，果然甜脆。乐而离开。

二

某日清晨，烧水烹茶，独享难得的周末。这时，电话急响，物业告知，交警路边贴罚单，速下楼挪车。思忖片刻道谢后告之，随他去吧，这泡茶味道正好，舍不得丢下。电话那头不再紧张，两边呵呵笑起来。阳光正好。

三

某日因公应酬，接待一上级领导。或许本人谦和敦厚，领导酒酣之际嘱我，若有帮得上忙的，请一定告知。当下，我心头一热，心想：到底是省城领导，果然爱民如子。一月后，恰巧有事需该领导说和，遂去电联系，先是不接，想必有生号之嫌，遂发短信告知在下某某。许久，电话回过来说出差不在。又过月余，单位通知接待某上级领导，去后才知还是上回那位。酒菜过后，某 KTV 内一干人歌舞升平。搂着我的腰，这位领导颇有醉意地说："你有什么事我能帮上忙，一定要来找我。"又留电话，我欲开口说电话上回已留，领导又说："几个月前，你们单位有个人找我办事，我没办。你要来，我一定帮忙。"心里特别想告诉他，其实那个人就是我。

四

和朋友去吃饭，要了一碗酸汤面。服务员端上来的时候，酸辣煎旺的一大碗让人看着很有食欲，放到我面前，突然发现服务员的大拇指头伸在了碗里。出于礼貌，我客气地提醒她："没把你烫着吧?"答："习惯了。"

五

20 世纪 80 年代初，西北农业大学有位老教授，试验田里的红薯收获以后还有盈余，就打算出门去卖。走在路上，教授发现售卖东西需要吆喝，遂一时难以启齿，不知如何是好。忽然听到旁边一农民在叫卖红薯，遂灵机一动，尾随其后，农民喊一声："卖红薯来！"教授紧跟其后喊一声："我也是。"

2017 年 1 月 20 日

槐花结

又到了四月槐花飘香的季节，漫步村野，空气中隐约飘来槐花独有的清香，沁人心脾。

关于槐花的记忆，一是和小时候缺少食物来源有关，二是和生命中两个女人有关。出生于 1970 年代的我，经历了饥饿的童年，这个记忆顺理成章地转化为成年之后的吃相难看，尤其是面对心仪的饮食，即便不饿，也是百爪挠心，恨不得从喉咙里长出一百只手来，将那美食拖进胃里。所以，朋友们最爱跟我吃饭，我这吃相吃起来不管不顾，逗引得他们也会多吃几碗。

生命中的两个女人，一是我婆（方言，奶奶），二是我妈。我妈在我婆离世整整十年后追随她的婆婆西去。她们的一生都不算太长，但是有一个共同点，那就是无休止的勤劳。这份勤劳长在了眼睛里，凡是眼睛能看到的地方，总能搜出活儿来干，因此，我婆和我妈还有一个共同的特征，就是走路总低着头，像是在寻找什么。

寻找了一辈子活儿的婆媳俩，每年春天在我记忆里出现的时候，总会和槐花牵上关系。记忆中，十岁之前，吃顿带荤腥的饱饭是那时候的最大梦想，尤其是刚开春，长身体的孩子的眼睛里总能馋出头肥猪来，打牙祭成了那时候最重要的事儿。荠荠菜、灰灰菜、香椿、油菜花头陆续香过嘴之后，槐花隆重登场。槐花有个好处，长在山坡阳面的槐树开花早，阴面的晚些，这自然的选择让槐花在很长一段时间内成为各家餐桌上的主打菜。我家的槐花饭，有两种做法：一种是拌了面粉清蒸，一种是和剔得干干净净的骨头一起炖。我婆是汉中南郑人，擅长煲汤，不论什么食材，在她的手里，都会在那口缺一只耳朵的黑铁锅里变成美味，而这种时候太少，所以连记忆都弥足珍贵。拌了面粉清蒸的，是槐花麦饭，也是很多人家的惯常做法。槐花洗净、控干、拌上面粉、撒上盐，大火蒸20分钟。随着缕缕蒸气冒出锅沿，槐花特有的清香弥漫在屋顶低矮的厨房里，那个蒸着槐花麦饭的黄昏被清香氤氲着，直到现在，闭上眼睛，都能忆起那时的味道。

槐花麦饭上锅蒸着，婆媳俩也没闲着。满山坡的槐树是这段时间最主要的食物来源，所以，堆在院子地上、藏身在槐树枝上的槐花是明天的早饭。婆媳俩这时候最为默契，一人拾一股树枝往各自的盆子里将槐花，雪白的槐花在两双长满了老茧粗纹的手里沙沙落下，小山包似的、绿叶白花的槐树枝很快就剩了一堆绿色的枝条，白色的槐花堆越来越

大，婆媳俩的腰身也越缩越小，仿佛要隐在那一堆清香里。西沉的夕阳慢慢跌进黑暗里，余晖在她们身后衬出最后的光亮，金灿灿的光晕给一白一黑两颗头颅撒上了金粉，婆媳俩就像坐在年画上，似身罩光晕的菩萨。

槐花饭出锅了。第一碗总是盛给在灶口添柴的我，那时候的我还不知道饥饿是需要隐藏的。就像现在的我，再饿也能管住自己，绝不会在某个重要角色到来之前伸筷子。或许是我眼里不加掩饰的饥饿让婆媳俩不忍心，刚揭开锅盖的铁锅里还冒着腾腾的热气，蒸气里我婆瘦削的身板已经模糊在锅边，熟练而麻利地盛出一大碗冒尖的槐花饭来，而且不管我站在她身后哪个地方，那碗槐花饭总能准确地在烟雾缭绕的厨房里塞到我手上。顾不上新出锅的槐花饭烫嘴，我就狼吞虎咽起来。大致吃相难看的病根儿就在那时候落下的，但我从不为此而羞耻，因为只有我知道，那吃相里，有着两辈人无私而浓浓的爱，以及在物质条件匮乏的年代，她们所能够给予孩子的一点点偏心。

昨晚，给孩子蒸了一锅槐花饭。敞亮的厨房里，没有腾腾的蒸气，也没有能够照透楼房的夕阳，只是这熟悉的味道里，还带着记忆里的重复，这重复让我明白，这一辈子，都注定走不出这槐花结。

2016 年 4 月 19 日

西瓜烙

晚上给老爸打电话，我称他为老李，询问前天给他送去的西瓜甜不甜，好不好吃。老李说，瓜很甜，就是吃不动，从早上切开一个，到了晚上也没吃完，后来放冰箱里，第二天拿出来才发现味道不如昨天。言语之间，惋惜之意连连。而我知道，送给他的西瓜并不大。

电话这头的我颇为震撼。从记事起，西瓜从来没有过夜的时候。那时家里穷，往往要到我们姐弟三个利用放暑假割了茅草晒干交售给畜牧站之后，才会在拉着空架子车返回途中很奢侈地买一个小小的瓜来吃。那时候的瓜不大，大的也就比老碗大一点儿，母亲带着我们三个围成一圈，蹲在地上，切不了几刀的小瓜，放在一块灰土色的塑料布上，姐弟三人六只眼睛目不转睛地盯着卖瓜人青筋凸起黝黑的手，手起刀落，小瓜被均匀地分成薄薄地几片，我们飞快地吃着香甜的西瓜，眼睛盯着塑料布上快速变少的一牙牙瓜，生怕切好的瓜长着翅膀飞走。这时候母亲

总是满足地看着我们吃，从不拿一块哪怕是切碎的瓜来吃……

而这样的时候也总是很少。随着学校陆续放假，孩子们纷纷加入到这个"挣外快"大军中，交售茅草的队伍也不断壮大，干茅草的价格也从最初的每斤一毛五跌到最后的每斤五分钱。然而即使如此，伏天溽热难当的烈日下依然排起了长龙，大家用装得满满的架子车排着队，自己则蜷缩在架子车底下的阴影里。没有一棵树的畜牧站里，汗水落在滚烫的水泥地面上眨眼就没了踪影，放眼望去，一个个光着脊梁凹着肋骨的大孩子跟小民工一样，满脸满身的汗道道。

每到茅草掉价的时候，母亲再也没法狠下心拿出几角钱来买一个小瓜，因为卖茅草挣来的那点钱还要攒着交下学期的学费。直到这个夏季接近尾声，卖西瓜的摊子不再等在路边，我们期盼着吃瓜的梦想也再一次累积到了来年……

因此，老李的话才让我深感震撼。我们姐弟相差无几的年龄注定了集中吃"长饭"（长身体的饭，意吃的多），家里的粮食倒还够吃，而水果哪里能有过夜的时候？

挂了电话，有关西瓜的另一件往事浮上了心头。那时候家家都穷，一年到头拼了命在地里劳作，也只是勉强混个肚子圆。水果、大肉也只有在逢年过节的时候才能有，"溜瓜皮"就是那时候特有的名词。我们村子离当时的西北农业大学一墙之隔，学校唯一的大门就成了村里少数思想活套的村民谋生之地，卖个农产品、土鸡蛋等等就成了农闲时节村民增加收入补贴家用的主要途径。每年到了西瓜上市的季节，年轻力壮的村民就会合伙去渭南大荔县贩瓜回来卖。"刁蒲城、野渭南，不讲理的大荔县"，名声在外的大荔县成了只有青壮劳力才敢去的淘金地。一车车绿皮黑纹、个头饱满的西瓜连夜离开松软的河滩地来到西北农业大学门口，大学里高收入的教职工是这些新鲜西瓜的主要消费对象。当然，因为西瓜，也有过女大学生爱上英俊瓜贩的传奇故事，这也是后来西北农业大学门口瓜贩密集的重要原因。

由于买瓜的大多是西北农业大学教职工，这些受过高等教育的知识分子大多是举家散步时，偶尔在瓜摊边切一小块就地来吃，能够在那个时候抱回去一个整瓜的人并不多。城里人吃西瓜，尤其是在瓜摊上吃还是比较斯文，啃过的西瓜皮上总是留有红红的瓤。不知是谁带的头，一群只穿着汗污背心的小男孩儿总是围在用来看守西瓜的帆布篷前，遇到有人吃完了瓜，刚一离开，这些孩子就会一拥而上，捡拾那些还有着红红瓜瓤的瓜皮继续啃。所以，每每吃过晚饭，就有村里的孩子们相互招呼："走，到西农门口溜瓜皮去"。而在我家，也发生过大弟跟着邻家的小孩儿去溜瓜皮的事件，但是回来的当晚，虽然大弟尽可能地溜着墙根儿回家，可依旧免不了一顿打。母亲一边打，一边抹着眼泪问大弟还去不去了，大弟歇斯底里地哭喊着"不去了，再也不去了"。我流着眼泪眼睁睁看着母亲挥舞着笤帚，在明亮的月光下，一下一下打在弟弟身上却无能为力。因为在我们家，任何一个孩子挨打，其他人是不能拉架

的，否则会一块儿挨打。我不怕挨打，也曾在母亲痛打弟弟们的时候不顾家规护过弟弟，可这次，我知道，我只能看着。打累了的母亲扔了笤帚抹着眼泪回房去了，留下哭得噎住的弟弟和我在院子里抱头痛哭。从那以后，我家的孩子再没有出现在"溜瓜皮"的队伍中。

如今，一整天连一个西瓜也吃不完的老李，成了一个不太老的老头，他的老伴，也就是我那好强的母亲已长眠地下。每年到了满街都是西瓜的时候，我依旧遵循着惯例，隔三岔五地给老李送瓜，而今年是第一次听老李说一整天吃不了一个瓜。

西瓜大了。

老李老了。

2016 年 7 月 27 日

西瓜烙

恩不言谢

我一向不是一个儿女情长的人，自诩偏理智。而在不长的年岁里，让我感动的时刻不多，因此格外情不自已，也更弥足珍贵。

父亲的身影

我高考那年之前的好几年，村里都没有出过大学生，是方圆几里颇有"名气"的高考"秃子村"。那一年里，村里有七八个同龄人参加高考。于我，似乎更盼着这一天早早到来，发挥得好，便能够跳出"农门"，成为一个体面的城里人。而对于父母，却颇为紧张。虽然母亲大字不识一个，可依然把考大学挂在嘴边，脚下也更加勤谨，扛着锄头去地里的次数也更频繁。后来我才理解这个举动背后的意义，一方面通过劳动消除紧张，也避免在我跟前走动分我的心；另一方面，如果考走了，丰收的庄稼便是新学期的学费。而作为父亲，则更沉稳一些，除了

照常劳作，几乎从没有问过我的功课怎样，也看不出有什么特别之处，我想，父亲是不在意我的考试的。

二十三年前的高考，一般都在七月七、八、九三天，天气不算太热，新鲜的桃子正好上市，是那个季节唯一且昂贵的水果。记得第一天上午考语文，在知了隐约的叫声里，了然于胸的喜悦让我脚步轻快，第一个走出教室，远远地就看到学校的大铁门外围着不多的家长。那个时候，鲜有送考这么一说，甚至很多家长说不清自己的孩子什么时候考试。人群中，我一眼就看到了父亲，他戴着一顶崭新的草帽，穿着平时只有走亲戚才穿的白色的确良上衣，手里是一个白色的塑料袋，洗过的桃子泅湿在塑料袋内，透着新鲜的红色。父亲就这么一手提着桃子，一手握着几近生锈的铁门，站在人群的正中间。父亲紧张地看着走出来的学生，眼神里是说不出的复杂。我远远地看着父亲，那一刻，鼻翼一酸，有种流泪的冲动……

那一年，我成为村里为数不多的成功跳出"农门"的人，也是那一年，我们村子不再成为别人嘴里的高考"秃子村"。

目　送

和写作结缘，始于十三年前，那是一个网络刚刚开放不久的年代。对于互联网，很多人热衷于在聊天室聊天，于我也不例外，感觉千里之遥通过一台电脑就能近在咫尺，新鲜感自是不言而喻。直到有一天，单位里开会。我所在单位的一把手在讲到大家上班聊天时说了这么一段话，也正是这段话，开启了我的文学大门。他说，"我们单位有人上班时总在聊天室聊天，我们不反对和亲友交流，但是你们想过没有，做了一辈子记者，难道只满足写一些常规的本台报道？到了临退休的时候，再回过头来看那些所谓的作品，又有多少能经得起反复阅读？给大家举个例子，我有一位大学女同学，在深圳，她开了一个博客，每天发一些对生活的新发现或者是感悟，今天早上，我看到她的博客里写了这么一句话：面对自己，每天都要在心底里开出一朵花来……"

我们领导的这位女同学我始终没有机缘得见，但是她的这句要在心底里开出一朵花来的清新却深深地打动了我。那时的我还很年轻，对未来想的很少，只要有音乐、旅游和读书，就够了，至于将来能干什么，和周围的大多数人一样，处在随波逐流的阶段。这段话，这位未曾谋面的人，让我心里颇为感慨。会后，我也注册了博客，算是开启了学步之旅。有过写作经验的人，想必都有这样的感受，写着写着就无以为继，且所思和所写无法同步，想象得很美丽，写出来却丑陋无比，那种无力感让人几度想放弃。这时候，那段话就浮现耳畔，咬咬牙，还能坚持。于是，顺带的，读书成为我那一时期最紧要的业余爱好，那时候，朦朦胧胧地意识到，写不出来是因为储备太少。

直到今天，读书、喝茶、写文章，已成为我人生中重要的组成部分。虽然每一篇都写得不甚满意，可值得庆幸的是，总是走过了最为晦

涩的最初阶段。每当小作发表，我的这位领导总是或当面，或留言，给我鼓励，让我不断有勇气前行。而当我收获朋友家人的称赞时，脑海里总是会浮现出十三年前开启我人生另一蹊径的启蒙者。

　　前段时间，我的这位领导调离了我所在的单位。他快要离开的那几天，我心绪复杂。有一天下班后，他在整理个人物品，我在他对面的办公室，也刚做完手上的工作。我静静地聆听他收拾东西的声音，不知该如何表达我这十几年来的谢意。直到他走出来，锁上门，看到我还在办公室，问了句怎么还不下班后，就提着一袋子书走了。我追到门外，询问要不要帮忙，他一如往常，温文尔雅地笑着说，不要紧，能提得动。就这样，他在我的注视中慢慢地往电梯口走去，偶尔回头，看到我还站在空无一人的楼道，挥挥手，让我回家。我一直目送着他独自走过长长的楼道，这十几年来的相处和我不曾表达过的谢意，一齐涌上心头。我始终没有勇气说一声谢谢，可在内心深处，我已谢过他无数次。正如今天最后的目送，是我对他最深的谢意和祝福。

2016 年 9 月 1 日

恩不言谢

记忆里的麦香

小满过后，关中大地渐渐闷热起来。"夜来南风起，小麦覆陇黄"，又到了一年"五月人倍忙"的时节。晨起推开窗，南边楼后一片黄灿灿的小麦随风轻摇，沉甸甸的麦穗透出收获的气息。心里轻叹一声，只可惜，如今老家已不种地多年，否则也该是盼望新麦收获的时节。

小时候，家里种了六七亩地，每到农忙季节，总是龙口夺食般紧张忙碌。父亲在外务工，除了农忙时回来收庄稼，一年两料作物——冬小麦和秋玉米的田间管理，就让母亲很少有闲下来的时候，播种、除草、捉虫、施肥、收获，哪一个环节都让日子格外辛苦。父母辛苦劳作的汗水浸泡了我整个成长期，劳动在我幼小的心里，和苦几乎就是同义词。

五黄六月的天气，最爱下阵雨。眼看着地里的麦子黄澄澄的，几乎能闻到扯面的香气，可也耐不住一阵大雨的拍打，那些来不及收获的小麦便抽筋扒骨般地倒伏在泥里，麦粒也是无论如何都扒拉不出几颗来。

所以，到了麦收时节，家家户户都紧绷着神经，一边观察着老天爷的脸色，一边不时到地里捋一把麦粒，扔进嘴里判断麦熟的程度。在一个晴好的天气，还睡得迷迷糊糊的我，就会被父亲叫醒，叮嘱一番他们去地里割麦，让我及时熬好大糁子汤晾凉之类的话，接着父亲和母亲就提着水罐和昨夜磨好的镰刀，戴上草帽，趁凉出门割麦去了。

这时候的我，也是睡意全无。一骨碌爬起来，赶紧囫囵洗漱一番，架火烧锅，熬一锅大糁子汤，馏上馍，切上腌好的蒜薹或者咸菜，等着父母从地里回来吃今天的第一顿饭。一切收拾停当，看表，还不到五点。有时候赶上瞌睡虫缠身，想着迷糊一会儿再起来，往往就会一觉睡到大太阳出来，急急忙忙烧火熬汤。等到父母拖着疲惫的身体，满脸的汗印子回来吃早饭，嘴一挨碗沿，一尝大糁子的软硬和温度，就知道我又睡过了，但是他们往往什么也不说，若无其事地喝罢一大碗汤，提着镰刀、戴着草帽就又匆匆下地去了。下一回，我就再也不敢睡过了。

割完了地里所有的麦子，最让我和弟弟们兴奋的要数打麦。那时候打麦，还停留在半人工半机器状态，往往是一大家人协作干活的时候：家里的男主人持一大捆拆开的麦捆，塞进机器里，塞进去多少、什么时候往里续全靠人工把握，而且续麦捆的疏密程度影响着麦穗能不能完全脱粒，也就意味着能不能把辛苦了半年多的收成颗粒归仓，因此总是家里的男主人亲自操作，女主人和孩子往往打下手。打麦机是稀缺资源，常常要提前打招呼排队，排到谁家必须在规定时间接机器。这样依次轮流，全村上千户人家的麦子才能集中脱粒。运气好的会排在白天，运气差点的就会排到三更半夜。白天的好说，就地等着就是，排在半夜因睡过头而错过了使用机器的人家，这一天里甚至往后的几天里是再也排不上的，如果再赶上下阵雨，苦麦堆苦不及时，就只能吃一季的芽麦了。所谓芽麦，就是小麦没有及时脱粒或没有及时晾晒而导致麦粒出芽，出了芽的小麦磨成面粉，即使出再多的精粉，擀出来的面条也会粘牙，失去了面条原有的劲道和香气。因此，农家人最忌讳的就是忙罢端着大老碗在巷道里吃面时，谁家说别人家吃的是芽麦面，那话一出，被说的那家几乎是要翻脸的，意味着那家人懒惰、不珍惜。在祖祖辈辈聚居的村子里，可以吃差点，穿差点，名声却不能差，要不然将来嫁闺女、娶媳妇儿因了这懒惰和不珍惜粮食的瞎名声，说媒的跑断腿也说不到好人家，连抱孙子都会受影响。所以，到了打麦时节，不但家里大人很操心，一趟趟拖着收割完来不及休整的身体跑去看轮到谁家了，连孩子也格外被恩准可以去溜麦草垛子，只是要留意打麦机又去了谁家，及时报告就行。于是，这紧张焦急的等待时刻，却是孩子们最开心的时候。学校放了农忙假，不用上课，也不用像往常那样被大人逼着按时睡觉，所有的孩子一夜之间都格外自由兴奋，即使是平常闹了小矛盾不说话的小伙伴，这时候也不计前嫌，成宿成宿的玩闹起来。灯火通明的打麦场上，除了机器的轰鸣，就要数孩子们的嬉闹声最响亮了。而这时候，人缘好的庄户人家格外从容起来，总有相好的村邻会在打完自家的麦子

后，小跑着专门来言传一声："快轮到 XX 家了，赶紧算好还隔几家，不要误了接机子。"这份情谊就格外珍贵。往后的摘瓜拔蒜时，两个家里也会多些对方家里的蒜薹、南瓜之类的时鲜物，两家的孩子也就格外显得亲密些。

在我的印象里，我家总是排在后半夜居多，这多数和母亲自作主张把本该白天打麦的机会让给那些有吃奶娃娃的新分户有关，但就是这样父母亲也从来没有让我们姐弟三人吃过芽麦面。大致原因一是和爷爷总替两个儿子儿媳盯着有关，二来我家和左邻右舍关系融洽，总有人及时言传。爷爷和父亲都曾在村里当过支书，即使卸任，忙罢端着碗嚼着喷香的油泼扯面，二爷、新民叔的称呼就会一路响过巷道，爷爷和父亲嘴里的面条也会随着点头而上下摇摆，回到家，连下巴上也会沾上红灿灿的油泼辣子。

打麦时，父亲往机子里续麦捆，母亲忙着把成捆的麦捆解开码到父亲脚下，我和大弟则拿大簸箕接脱过粒的麦子，年幼的小弟坐在打好的麦粒堆上，负责看管并及时苫布。接麦粒看似简单，只需要把脱粒的麦子准确地接到簸箕里，及时运送到事先铺好的竹席上就行，而只有我知道，这个活儿是个费力又费人的活儿。脱粒时，总有麦粒不断从脱粒机里飞出来，打在脸上生疼，尤其是六七亩地的麦子一口气打完，回家照镜子，被飞溅的麦粒打得满脸通红是常有的事。除了麦粒打脸，四千多斤灌浆饱满的新鲜麦粒全靠我和大弟用双手搬完，经常是接着麦粒，大弟累得蹲着都能睡着。所以每年打麦，总靠着打完了这一捆就能溜麦草垛子的自我安慰来支撑。因此，直到现在，除非是馒头和面条坏了不能吃，否则是怎么都舍不得倒掉的。

好不容易盼着打完麦，小孩子最高兴的时候终于来了。大人从割麦到打麦，早已疲惫不堪回家补瞌睡解乏去了，我和弟弟们的好日子也因为打麦的结束而真正来临。父母往往这时候顾不上管我们，我和弟弟们也就忘记了一夜的辛苦和疲累，父母前脚走，后脚我就带着两个弟弟在自家还来不及重新垛起来的麦垛上滑滑梯，随意堆起来的麦草垛虚虚地鼓成一个个圆包，新鲜麦秆所独有的阳光气息，散发着格外好闻的味道，柔软而松弛，最适合一溜到底。我和弟弟们爬到麦垛最顶端，依次往下溜，如此往复，乐此不疲。在那个没有娱乐设施的年代，这一度是我们的天堂，也是那个劳苦年代少有的快乐记忆。

"丁零零……"家里电话急切地响起来。是父亲打来的，让我回老家吃蘸水面。家里已经近十年不种地了，却总能吃上自家麦子磨的面粉。曾经问过父亲，是怎么把这么多年的麦子保存至今？父亲说，多亏了你母亲，那几年只要收了麦子，晾干、留够全家的口粮之后，你母亲就把多余出来的麦子倒进席包里，第二年翻出来再晾一次，因此这些陈年的麦子总能磨出麦香味儿十足的面粉来，而席包里什么时候都没有出过虫。加上这么多年家里地多，母亲又是作务好手，用术语说就是"粮食产量实现十连丰"。所以，虽然多年不种地，又添了弟媳和侄子，我家的席包里依然还有能蒸出喷香年馍的麦子。问这话的时候，我勤劳了一生、独自在父亲务工的十多年里，带着三个年幼的孩子终年辛劳的母亲已经去世一年多了。

回到家，父亲和小弟一家早已把辣子油碟、大蒜和焯好的青菜摆上了桌，只等着我回来下面了。我急忙洗净手，坐在桌子边，几分钟后一大盆蘸水面端上了桌，我迫不及待地狼吞虎咽。薄而筋光的蘸水面从盆子里捞出来，长而韧，一根就捞满了一海碗，吃到嘴里，一直不曾远离的麦香味充盈着我口腔，也温暖着我一直视为下苦的劳动记忆。仿佛是蘸水面汁子溅进了眼里，一股酸辣的滋味涌上心头，我知道，我想母亲了。

2016 年 5 月 21 日

李明/摄影

浮生若茶

这世上，总有一处你独爱的景致，或寂静，或喧闹，景与人都有着"心悦君兮君已知"的默契；于我，除了大山致命的吸引，书房大约是最让我贪恋的红尘之地了，"躲进小楼成一统"，这斗室里，心心念念都是自己的喜好流散，想必再也没有一处烟火地能让人满心欢喜又了无遗憾。最相宜的书房里，一定有着最喜爱的普洱，且必是熟普才好：浓烈而惊艳的顺滑里，一次次重逢又离散，却依然满心期待。想必人生不过如此：一杯好茶，不必左手知己，右手爱情，这尘世里最懂自己的一定还是自己，本就与他人无关，又何必牵扯无辜，人人生而不易。

溽热的伏天，凛冽的寒冬，不论是睡眼惺忪的清晨，还是"日暮薄山远"的黄昏，踱进书房，素手简衣，茶台前落座，只为自己泡一壶茶，恐怕就是富可敌国、行止由心了。在茶气氤氲里，柑普的果香如蜜、宫廷普洱的顺滑醇厚，以及饼茶的陈年香韵徐徐呈现，心绪也仿若沉浸在空谷，八荒之间，内心徐徐明朗，一如开出一幅江南山水。这么一说，更多的时候，喝的不是眼前的茶，而是难得的清静。每天为稻粱谋，只有喝茶的时候，才离自己最近。

喝了十几年的茶，所有的熟普品类都了然于心，喝到最后，却独钟情茶头，如果再过分些，那就是老茶头。茶匙里，任意东西的茶头，静静地无语凝结，那一块块自由紧致的深褐色茶块里，沉默着岁月的粘连和发酵，看似普通，却风烟俱净。时间这种东西，于美人是利器，于茶却是成全。一寸寸流光让散落的茶叶，经历了最初的青涩粗粝，褪去难以下咽的茶气，尽力把最好的状态经由时间来成全，仿佛把每片茶叶中的秘密一一封筑在一个盛大的梦里，一切交予时间无言以辩。凝视着这一块块不规则的秘密，我心生欢喜，从来不喜热闹，却独爱这挤挤挨挨，欢喜这静谧的喧闹。我的前一世，一定是一片茶叶，这一世里的遇见只为与自己的兄弟姐妹重逢。

水壶发出噗噗的滚沸声，最繁华的绽放即将大幕拉开。

洗壶、烫杯、醒茶。独一个"醒"字，顷刻间脑海里就有了欣欣然张开眼的形态，想象着那褐色的茶芽慢慢苏醒，即将释放出沉淀若干个日子的酽，心里便充满了浓浓的期待。嘟嘟冒着热气的水壶里是最剧烈的沸腾，会是它将沉睡十几二十年的茶头唤醒，让它散发出时间沉淀后的醇厚和甘冽，一如在岁月长河里，那个能够懂你的人，在你等待多年后的一声"你也在这里吗"的轻语,只一刻,便是电光火石。水汽缭绕里,西施壶里的茶头,愉悦地滋滋欢唱,那是巧遇知己的喜悦,就像独爱的美食入口,也如喜爱的少年恰好回眸。

独爱茶头,还有一个隐秘的小心思。散粒的熟普,三五泡之后,就已茶汤寡淡,那浅浅淡去的茶汤,凉薄着清浅的琥珀色,一如无力回天的爱情,渐行渐远却束手无策,也如一场好看的电影,正泪眼婆娑,却滚出一排片尾字幕,透着世事难为的不舍。而茶头不同,那凝结成块里,散淡着时间赋予它不为人知的力量。滚沸的水缓缓注入茶壶的方寸之间,不知这沉默的褐色茶块里,有着怎样的激发和释放,才能缓缓流淌出一泡你心目中上好的茶汤。猜不透的,是壶中乾坤;看得见的,是汤色醇和。一句"吃茶去",即使是"不羡白玉杯"的"茶圣"陆羽也会"千羡万羡西江水,曾向竟陵城下来",可见这一片片饱吸了天地精华的茶叶竟是如此的令人神魂颠倒而不自持,更何况如我这般的俗人?我们不过是借了茶的法力,行走草木间,给自己一个"独与天地精神往来"的时机罢了。

伴随着滚沸的水一次次注入,品味着一杯杯澄亮的茶汤,忽然明白,这煎熬也是一种成全。我想,这恐怕是我独爱茶头最忠实的原因了:世间从没有无端的等待和忍耐,当你从煎熬中走过,回首往事,才发现,那些刻进生命年轮里的苦痛,都是为了能有一天与最好的自己相逢。这难道不是一种成全?

即使走了很远,依然茫然无措,可这一世,还不曾繁华落尽,又怎敢轻易辜负?

2016 年 12 月 24 日

渭河情思

　　渭河是一条大河，大到在我的家乡只是一段不见首尾的河道，就像冬天挖荷塘，不小心遗失的一截藕，横卧在秦岭脚下，伴随着冬雪春雨，严寒酷暑，时而丰满，时而干瘦……

　　前几天去渭河，昔日枯瘦的河道已掬水成河，汪着一潭翡翠，变身为渭河湿地公园。两岸回廊曲折，水草丰美，偶有河心里一处孤舟般的滩地，顶着一丛蓬松的河柳，竟然呈现出孤岛般的气质，为这新晋的公园平添了几分幽然的意境。尤其是这几天，"秋色从西来，苍然满关中"。漫步在秋意渐浓的渭河，杨树拍着渐渐发黄的手掌在秋风里哗哗作响，水边泛黄的芦苇、蒿草让这一池秋水更显沉静。

　　作为一个长于斯的长住民，对渭河这段岂止是熟悉，那真是一种家乡河的味道。每每立于河岸，脚下是裹着泥沙滚滚而过的河水，才明白圣人"逝者如斯夫，不舍昼夜"的深刻含义。

20 世纪 80 年代的渭河，是坐在父亲自行车后座上时隐时现昏黄的瘦龙。那时只有几岁的我，被父亲驮在那辆二八加重自行车上，去渭河边上的村子走亲戚，坑洼不平的砂土路，颠着轻盈而充满好奇心的我，渭河就在这若隐若现里走过我的童年。能让我安静地坐在后座上的原因只有一个，那就是亲戚家里只在逢年过节或来了客人才会呈上的荷包蛋和香喷喷的油酥饼。让我们这些一年里只有自己或者弟弟妹妹过生日才能吃上鸡蛋的孩子格外留恋，于是，走亲戚一度是孩子们最乐意的事。吃完荷包蛋和油酥饼，嘴上一圈金黄的菜油都顾不上擦，就已经和左邻右舍同龄的孩子成了不分彼此的伙伴儿。一个默契的眼神，"走，去河滩耍"，伴随着这个共同目标的瞬间达成，于是，一群半大孩子，疯跑着奔向渭河。那时候的渭河，荒草齐腰深，河道宽阔，浑浊的渭河水长年一路欢唱向东奔去，两岸的荒草丛里，时不时有被惊飞的野鸟扑棱着翅膀飞出来，嘎嘎地飞向另一处荒草。寂静的河道两岸是行人、自行车和小拖拉机共同碾压出来的蜿蜒小路，野草在脚下的裤管边厮磨，不知名的野花浓稠而繁密。除了偶尔有沿着河堤"突突突"冒着黑烟的小拖拉机经过，终年寂静的河道只有孩子们无忧无虑的笑声和凫水的扑腾声。白云静静地挂在湛蓝的天上，时光是那样漫长。没有手表，连时间也似乎不存在，一个快乐的下午就这样在厮磨的裤脚边、凫水孩子光溜溜的脊梁上、河道里点水的蜻蜓透明的双翼上静静地流走，少年不知愁滋味的时光，就这样流淌……

20 世纪 90 年代初期，渭河是初长成的少男少女。那时候，傍河而居的开明乡邻已然尝到了河道里肥厚的淤泥带来的甜头。一畦畦依河开垦的稻田、荷塘、鱼池，似乎一夜之间让这片关中平原变成了鱼米之乡。到了夏季，这幅江南水墨浓浓相宜。格子般的田垄里，金黄的水稻低垂着正在灌浆的穗子，荷塘依河而生，或粉或白的荷花吐着金黄的蕊，碧绿的荷叶下泥鳅倏地一下就不见了踪影，河道两岸飘着雪一样白絮的芦苇有着碧绿的裙叶。初上高中的我们，花一般的年纪映衬着年华正好的河滩，成为至今回想起来记忆深处的最美画卷。放了学，不上晚自习，家长们也忙于地里劳作，往往无暇顾及我们，三五成群的少年便带着青春懵懂的心绪相约去渭河滩玩儿。青春时期的我们，徘徊在不知情为何物和朦胧好感的中间地带，男孩子下巴上毛茸茸的一圈淡青都会让我们羞红了脸，转身跑开。青春的飞扬明亮映衬着风光正好的鱼米稻田，连天地间都明快着春天的气息，萌动而懵懂，肆意而张扬。摘荷花、抓鱼苗、逮螃蟹，咬一口脆甜拉丝的肥藕，日子就这样把肥美而短暂的最美时光镌刻在青春岁月里。

二十年后，渭河伴随着中年扑面而来。已是中年的我们，走过了成家、立业，肩负着有老要养、有幼要教的天道轮回，只有时不时地同学聚会，还能让我们从彼此不再青春的眉眼里偶尔探寻到当年的影子。面对着彼此的青春不再，年轻时的抱负和眼下平淡的日子成了一眼能看到头的预见，来时的路和明天的去向一样清晰如叶脉，"携幼入室，有酒盈樽",成为眼下最合心的写照。这个时候的日子,一如清澈碧绿的渭河,平缓而舒展,日复一日地流动在设计者的既定思绪里,按照应有的轨道向东奔去,即便那湍急碰到了两岸的石堤,也会调转头尾,继续一路向前,甚至不会回头去看是和哪一处石堤有了触碰。而那偶然冒出来的河心孤岛就像平淡日子里的一丝灵感,让我们看到生活里的一线希望,也为这日复一日的缓缓水流般的日子增添了写意的一笔。

母亲河般的渭河,看着她的儿女从光着腚凫水的野小子,到青春水灵的半大少年,及至平和散淡的中年,在这绵延不断、亦亲亦友的彼此见证里,老去年华,青春在心。

2016 年 9 月 28 日

李明/摄影

和星夜干杯

　　周末，难得半日清闲，便约几位好友往山里去，再不纳凉，山里该是深秋了。

　　秦岭是一道屏障，将山南山北隔成气候迥异的两个世界，南方湿润，北方干旱，这一干一湿之间，全凭秦岭的起伏做主。我们要去的是山北脚下，一处叫蒿坪的地界。

　　随着车子进山，凉意扑面而来，平原的风还透着热气，而夜色渐浓的大山，却凉意沁入心脾，竟至开车窗还有些冷意。葱茏满目间，各色树种挂满累累果实，收获时节，山脉格外丰满，一如孕中母亲，富足祥和。

　　山里的夜晚来得格外早些，七点多已是夜色朦胧。车子驶过一户人家，桌上显眼丰硕的大馒头让我一瞥之间改变主意。此时正是山洼人家晚饭时间，鸡在朦胧里踮着脚刨食，全身乌黑的狗卧在路边酝酿睡意。得知我们要和他们一起吃晚饭，主人热情地拿出碗筷，客气地询问要不要单做，我们答，桌上的大馒头就很好。这是一户大家庭，老夫妻和儿子儿媳孙子三代同堂，一大间堂屋面南而建。老人说，家里正在对面山上建新房，明年来就能住上每间都有卫生间的新房子，不比现在，来了人只能吃完饭就下山，住不了人。朝对面山上望去，果然，一幢红砖房在板栗树的掩映下已颇有模样，再看老夫妻，脸上挂着满足的笑意，一时间，被他们感染，满心愉悦。说话间，红豆稀饭、新炒就的土豆丝已经上桌，让我眼馋的大馒头和核桃花卷，是自己种的小麦磨成粉新蒸的，暄腾腾、沉甸甸，透着山里人的实在。迎着清爽的山风，几盘自产的蔬菜，傍晚新蒸的馒头，黄口小儿的嬉闹，一对心里满含着希望的老夫妻，好日子莫过如此。

吃罢饭，山已完全黑透。沿着山路，进到山腰一处开阔地，抬头，已是星光闪烁。铺上餐布，摆上茶具热水，今晚，我要在夜色里与星空干杯。

当浓香的普洱扑鼻而来，我端起杯，就端起了这一夜清凉。身边草丛里，有不知名的虫子低吟浅唱，倏忽间，一只萤火虫跌跌撞撞提着蓝色的灯笼飞入树丛，四周群山已成黑黢黢的剪影，一只流星正划过天际落入西边山后，而在这交织着天籁的寂静里，我看到了什么？

我简直不信自己的眼睛。深蓝的苍穹，平整而无垠，星星如碎钻石般铺满这谜般的深蓝，我揉揉眼睛，不敢置信般仰望。那薄云般长条状星带穿空而过，那是书本里的银河系。毫不费力的，我看到了银河两边隔河相望的牛郎织女星，这个发现让我不由得欢欣鼓舞起来，这是我有记忆以来第一次目睹银河系和牛郎织女星。牛郎织女星分布在银河两侧，三点一线的牛郎星挑着两个孩子，追赶着河对岸明亮耀眼的织女星，无奈隔着长长的天河，这一别竟是一世，这一世竟成永恒……

没有月亮的夜晚，星星如此璀璨。稠密的星空一如街头售卖的芝麻饼，密密麻麻，星光此起彼伏。第一次近距离看到如此繁密的星空，耳边交织着虫鸣，我沉浸在这奇妙的大自然中，不知今夕何年，更不知下次何年再重逢。我只知道，这一刻，便胜却人间无数。

回来的路上，车子沿着蜿蜒曲折的山路，一头扎进山下喧闹的城市街道，我抬头特意看天，那漫天的星空恍若隔世，不复再见。我在想，生活在这没有星星的天空下，日日夜夜都是苟且。

2016 年 8 月 28 日

李明/摄影

老宅雨夜

李明/摄影

　　此刻，从天井飘来的雨丝无声地落在青石板铺就的地面上，石板四角的铜钱图案凸显出来，对应着天井长方形的天空四角。在这初秋时节的雨夜，这座170年前的老宅，把所有过往的秘密都沉默在这亘古不变的时空交错里，凝结成活的历史。

　　我坐在这门头毫不起眼的老宅里，耳畔是吴姓主人黟县普通话不疾不徐、柔和婉转的讲述，和着这座老宅画枋上精工细雕的花板，带着历史的陈韵。

几分钟前，看着这不起眼的门头，我还犹豫要不要踏进来。从那两扇小门进来，左右各是一个窄窄的过道。院子里，是正在吃晚饭的两口子，男主人四十岁上下，戴着眼镜，女主人纤细少语。晚饭是典型的徽州菜：清炒马兰菜、笋干腊肉，一小锅清汤。坐在天井下的小凳上，吴姓主人边吃晚饭边和我攀谈起来。通过他的讲述，我才知道这座老宅大有深意。正如我刚刚经过的狭长过道，过道上方那个木质结构的花雕件构成一个形象的"商"字，叫"商字门"。曾经的徽商从最底层的贩运生意做起，尝尽世间炎凉疾苦，商人的底层社会地位让徽商格外注重教育和崇尚从政，村里的南湖书院就是佐证，而徽式建筑屋檐边上一圈官帽吉兽石雕也可见一斑。发达了的徽商或成为朝廷要员，或成为富甲一方的豪绅，不论为商从政，靠自己的双手和智慧富裕起来的徽州人在大兴土木之时也不忘以建筑来补上曾经的失意，商字门的存在完好地展示了这一点：不论你多大的官，来此拜访，也得从我的商字下经过。那份狡黠和智慧以及对自己尊严的追溯由此可见。

在安徽省黟县宏村，这样的老宅不多，保持相对较为完整的官宅也就是眼前的这座宅子——民国初期黎元洪政府国务院总理兼财政总长汪大燮的故居。汪大燮的祖上，从杭州丝绸布庄起步，一路走来，也曾官至五品，到了汪大燮这一辈，更加注重教育，才使得汪姓一门成功晋级。吴姓主人的外祖父是汪大燮同辈族人中的第三代，到了他这里已是第六代。由于经历了"文化大革命"，这座老宅也曾历经磨难，作为从小就生长在这个院里的孩子，情怀使然，让他在历经两代人的奔走相告后，才使这座如断线珍珠般的老宅重新完整，即使这样，那块曾经悬挂在正厅中央的"正绮堂"牌匾依然因为经历过特殊年月而空垂着两个挂钩和匾撑；而西厢房一侧的花园里那处舂米的屋子也因种种原因，再也无法收回，而成为这座老宅永久的遗憾。

喜欢这座老宅，除了每层高达五六米左右的开阔开间、百年不朽的银杏木立柱、官帽型冬瓜梁，栩栩如生令人叹为观止的木雕门窗、厢房里智慧的隔潮设计，以及历经风吹雨蚀而形似水墨画一般的外墙，让我最为感慨的莫过于天井。

长约七米、宽不过两米的天井是这座建筑的灵魂所在，由于徽式建筑的房间通常没有窗户，因此天井除了日常的通风采光功能，高高的天井设计也蕴含了商人对生意兴隆的渴望。窄窄长长的设计，四个角对应着地面的青石板，石板四角雕刻的铜钱图案精准接住了从天而降的雨水，确保了雨水顺利流进铜钱中央的孔洞里，形成风水意义上聚四方财的渴求。宅子设计的美好祈愿加上徽州人的努力，终于成就了一代徽商，也让徽州这个地方更加钟毓灵秀。除了聚财，窄长的天井还很好地起到了防御外来盗贼的功能。早年的徽商，没有功成名就之前，时常奔波在各地，家眷们的人身和财产安全也成为难免的牵挂，天井的另一职能也在于此，除了防盗，还能防隔壁老王。

问起吴姓主人，为何在来的路上看不到整个村子的一点痕迹？即使到了村口，也很难想象这里有如此庞大的古村落？吴姓主人微微一笑，眼睛里透着淡淡的得意：当初建造这个村子的时候，是看了风水的，三面环水，一面靠山，加上地势较低，绿树掩映，一般人很难发现这里有一个村子，这也是徽商低调内敛的气质所致。原来如此，难怪即使到了村子入口，也依然无法看到村子的一角。整个村子依山而建，南湖以三面环绕之势将村子包围，让整个宏村与世隔绝。而行走在村子里，除了窄窄的巷子如迷宫般百转千回，那户户门前潺潺流淌的溪水也让人感慨不已。二百多年来，村人在这独特的循环水系设计里淘米洗菜、绵延不断，不仅让这座古村落温润灵秀，也让置身其中的人们多了一丝柔和和诗意。

雨还在下，古老的村落在灯光闪烁中影影绰绰，人字顶上的飞檐倒映在光影里，如一幅名家水墨。出了汪宅，仿佛从宁静里突然跌落在凡间，回头望去，那宅子依旧毫不起眼，仿佛我只是在想象里听过一个传说。已沉醉在吴姓主人讲述中的我，信步步入一间酒馆，一杯甘甜的米酒让思绪飘浮，今夜，且让我沉醉在这皖南水乡里。

第二天一大早，被窗外沙沙的雨声叫醒。推开小轩窗，雨丝正浓，打在天井下的芭蕉叶上，空气中弥漫着水乡特有的鱼米香。想起昨夜的偶遇，近乎两个小时的畅聊竟不知吴姓主人如何称呼，加之意犹未尽，遂一跃而起再觅其踪。兜兜转转，路线还是昨夜的路线，却怎么也找不到昨夜故居，只寻得额头冒汗，向身着工作服的工作人员打问，才知：那是私宅，不对外开放。一时间，错愕不已。

呆立在雨中青石板的路上，蓦然想起黟县曾是陶渊明笔下《桃花源记》的所在地。隔着数百年的光阴，那个不知有汉，无论魏晋的陶渊明，让我在一夜之间成为他的隔世知己。

2016 年 9 月 5 日

李明/摄影

黄山毛竹

当黄山的迎客松成了一处景点而引得游人熙熙而至时，黄山毛竹却以它极具柔美的婆娑树影让我一见钟情。

发现黄山毛竹的不同，是在去往黄山的山路上。弯多路陡的山路，湿润的黄山空气，不时传来的鸟鸣，让人心里生出恋爱般的甜蜜。山路两边，多以毛竹为主，间或不知名的灌木。毛竹青翠的绿叶，细且狭长，透着初生叶片特有的嫩绿，仿佛这些毛竹昨夜才忽地冒出来，只不过身高长得着急了一些。司机师傅告诉我们，这些毛竹都是开春的新笋才发出来的。朝竹根望去，果然，深棕色、巨大的笋壳外皮还呵护着竹根，而竹子却已是一二十米的高度了，这样的生长速度不由得让人感叹不已。

黄山毛竹和我从小就熟悉的竹子完全不同。我所在的西北，或许是品种不同，不说到了冬天竹叶会发黄失水、透着了无生机的绝望，即就是在春天发芽、夏季葱茏的时节里也是透着水分不足的干巴，竹叶上的绿意也蒙着淡淡的灰色，仿佛懒起的新妇一般羞羞答答。而竹节部分也是节节挨挤，几年下来，弯曲的腰身形似老妪一般透着世事苍凉的无奈，完全没有了竹子该有的形态和气韵。

黄山毛竹的绿，是一眼望去让人满含希望的绿，不论是初春才长起来的新竹，还是已经有了小腿粗竹身的老竹，无一不透着生机勃勃的嫩绿，让人看了就满心欢喜。修长挺拔的毛竹伸展在薄纱般的水汽里，这嫩绿把整个黄山都染成了青翠一片，仿佛这绿色有着神奇的感染力，将这山、这水，甚至是行走在其间的旅人也染成绿茸茸的，一如漫山遍野的绿孩子。黄山毛竹，不论是新竹还是老竹，都透着直入云天的豪气，竹身笔直修长，不论老幼皆向天而生，那股为竹的傲气堪比云杉；而那浑圆青绿、竹节之间宽松的距离也让人心生欢喜，没有挤挤挨挨，坦荡生长，自在成竹，让人不得不叹服黄山水土的灵秀和大自然给予这里毛竹的特殊恩赐。于是，我在心里思忖着，这一方水土，让寄身其间的毛竹格外青翠修长，而这嫩绿欲滴的毛竹也回报大山以氤氲缭绕，这彼此的成全，想必就是世人心中最好的相处之道吧！

下车后，选了一条人烟稀少的小道上山。漫山的竹海把大片翡翠般的绿意慷慨相赠，聆听着鸟儿清脆的鸣叫，呼吸着竹子特有的清香，我忍不住抚摸着竹身，仰望着曼舞般的竹叶，倘若机缘使然，我真想做这黄山毛竹脚下的一株草，只为与你日夜相守、时时相望，哪怕低到尘埃

黄山毛竹

里，也是心生愉悦。

黄山毛竹的美，不仅在叶、在形、在色，还在于它的用途。偶遇废弃的山里人家小院，荒草丛生的院子，一池透着雨水陈韵的枯井，边上必是一架毛竹做的晾衣架：两根小腿粗细的竹子，被裁成高低一致的两截栽在井边上，上面架着一根细细的幼竹当作横杆，一个天然的衣架就立在了那里，成为人间烟火的佐证。而在梯田样的高山茶树地里，也有着毛竹的身影。那些曾经旁逸出来的竹枝，也在这里发挥着巨大的用途，它们被扎成一溜，维持着层层梯田里的土壤和水分，不使它们自由流动而影响茶树的产量。下山的时候，我骤然发现，毛竹们又出现在挑夫的肩上，着实让我更加痴迷。

黄山险峻天下闻名，黄山挑夫因这险峻而承担了蔬菜瓜果及酒店用品需要的脚力。一路上，不时有身着"黄山旅游"马甲的挑夫吆喝着"让一让"。这些挑夫均在四五十岁上下，面庞黝黑，个头不高且清瘦匀称，穿一双自家纳的"千层底"。右肩上以剖开的毛竹为扁担，挑着各有百十斤重的蔬菜水果、床单被罩，左手执一根比扁担略短、同样是剖为两半的毛竹。每迈出一步，踏在地上的那只脚必定落地生根，抬起的那只也稳稳跟上，负重的身体随着扁担两头的晃动而轻轻摇摆，硬是把这一百来斤的重负舞出了摇曳生姿。歇下来的时候，左手的毛竹稳稳地支在扁担中间，暂以两头货物撑地，让人也暂时从繁重中解脱出来而得以片刻歇息。

挑夫们除了吆喝让路很少说话，很少说话的挑夫和从不言语的毛竹扁担，成了这陡峭山路上沉默的风景。

仰望着山路边上让人心生欢喜的毛竹，看着身边稳稳慢行的挑夫，我在想：不论是毛竹还是挑夫，都是这山里无语的魂灵。

2016 年 9 月 17 日

黄山毛竹

山居野趣

进到这片秦岭腹地的时候，山里刚下过雨，正是"空山新雨后，天气晚来秋"的时节，湿漉漉的空气里，弥漫着雨后山林特有的清新，让人神清气爽。

两年前的夏天，当平原地区的热风吹得人透不过气时，这里却因满山苍翠而分外凉爽，加之游人稀少，还保留着原始森林应有的模样，于是，在我心里始终成为一处念念不忘的暂隐之地。两年后故地重游，熟悉的大山让我生出回家般的惆怅来，竟至潸然泪下，于是，安身之处也还是选择了上次那家隐在深山里的农家。

如果说，在作家笔下的陕北是"圣人传道此处偏遗漏"，那么，初秋时节的山地，则像被上帝特别眷顾的普罗米修斯。漫山遍野的植被偶现报秋的红叶，如点燃的火把散落在初秋以黄绿为基调的山野里。这斑斓的大地，绿的依然如翡翠，黄的已是金黄，最应景的则是那一树树黄绿相间，一如刚做了母亲的少妇，没有了女孩子的青涩，也还不至于圆熟，在稚嫩和熟透之间恰到好处，那刚刚好的味道最让人迷恋。山涧里，那一段绿蓝相间的山泉一路欢歌而下，带着山野荒坡沁凉的野气，击打着被山林染成彩色的水中巨石，回旋着、激荡着，让这山林活泛起来。

农家乐的主人姓康，操着巴蜀口音的两口子经营着平常的生意。两年没见，那份自然淳朴的气息依然熟悉。康家坐落在群山环抱的一处平地上，三面环山、出门见水的地貌让这个院子格外幽静，才刚刚初秋，这农家小院里就已有了些许秋日幽谷的味道。院子周围的坡地上是一片浓密的板栗林，从一处缓坡上去，我就化在了一片浓荫里。

眼下，正是板栗成熟的时节。阔而长的树叶透着淡淡的金黄，一只只小拳头般大小、黄绿色"小刺猬"般的果实缀满枝头，果和叶挤挤挨挨，让这片树林遮天蔽日。树荫下，是一层厚厚的落叶，新落的黄褐色树叶静静地蜷曲着，和着先前的那一层，在这绵软无息里成为这片山林肥腻的滋养。一只只深褐色、滚圆的板栗散落在枯叶上，仿佛一个个婴儿躺在大地柔软的肚腹里。傍晚时分的山林出奇的寂静，偶有"砰"的一声，划破这寂静，格外让人留意。循声望去，一只泛黄的果球正缓缓滚过绵软的落叶，伴随着沙沙的声响，裂成四瓣的板栗外壳毛茸茸地围住中间或三颗或四颗肥圆褐色的果实。我随手拾起一颗滚落在脚下的板栗，肥圆的板栗上覆着薄薄的一层白绒毛，像极了新生婴儿那初生的胎毛。板栗的顶端，一根纤细而柔软的浅灰色"天线"跟年画娃娃的

山居野趣

朝天辫一样立着。哦，板栗是有着脐带的，它是母亲足月出生的孩子。

这时候，有着黑眼睛、大尾巴的松鼠一跳一跳地出来觅食了，机灵而警惕地用前爪抱起一颗新鲜的果子灵巧地啃着，我静静地伫立着，生怕惊动了这小精灵的美餐。

松鼠跳着脚走了，瞬间无影无踪。雨后山林是菌类的天堂。奶白、粉红的各色伞盖透着水灵从潮湿的土里冒出来，散发着菌类独特的清香。太阳收尽了最后一抹光芒，四周黯淡下来。在这万物即将沉睡的暮色里，聆听着大自然最本原的声音，这一刻，我也成了大地的孩子，不，是一颗种子，立在那里就要生根发芽，把根须深埋在地下，让小小的身躯在母亲的怀抱里孕育成一棵叶片金黄的大树。

小康家对面是他们两口子开发的菜园子。晚饭后，从他家院子出来，经过一个慢坡，跨过小路，就到了地边。此时的菜园子已不是前年夏天我来的模样，大部分蔬菜已经收获，只剩下褐色的藤蔓立在那里。秋瓜正是时节，一只通体奶白、肥硕的菜瓜静静地卧在地里，看到这只菜瓜，我不禁笑出声来。

前年来的时候，正值午饭时间，我们几人点了几道山洼人家的家常菜，其中就有一道西红柿炒菜瓜。小康媳妇儿用浓重的陕南口音告诉我们，离饭菜做好还有一段时间，可以四处转转。我和朋友们离开院子往山里去，下了慢坡一眼看到了这个菜园，前年夏天的菜园正是果实满架的时候。一只跟眼前这只几乎一样肥硕的菜瓜就那样不经意地映入眼帘。我们几人几乎同时对视了一眼，几双眼睛里的狡黠和对即将发生点什么的兴奋瞬间变成实际行动，于是，那只刚刚还在酣睡的菜瓜就被我们迅速转移到了附近的草丛里。散步回来，饭菜也端上了桌。仔细一瞅，少了一个菜，想着可能还在小康媳妇儿的巧手下等待下锅，就边吃边聊。不知谁眼尖，示意大家往菜园方向看，我回过头，看到小康媳妇低头弯腰在菜地里来回走，仿佛在找什么。等到主食上桌，上来一盘西红柿炒包菜，这不是点的西红柿炒菜瓜么？准备问小康怎么换了盘菜，不知谁爆发出会意的大笑，其余的人愣了一愣，紧接着笑成一片。

　　站在地边，我再一次笑出声来。远处黛青色、朦胧的大山剪影般静静地矗立着，俯瞰着我沉浸在这山野之乐里。

2016 年 10 月 2 日初稿

2016 年 11 月 14 日定稿

李明／摄影

诗和远方，其实就在日常里

这几日，秋色正浓，几本书、一壶茶，就着满山秋色，让长假难得的时光散漫在秋野里，这个季节最安逸的日子就在眼前。

住在大山腹地，最便利的莫过于与山水同光阴。夜里，震耳的溪水隔着层林，成为潺潺流淌的催眠曲，枕着大地湿漉漉的地气，这一夜注定心神俱静。晨起，院子里的矮凳上还有露水夜半来过的痕迹，而时光却昼夜分明。赶在别的旅人醒来之前，面向大山，一壶开水，一盏好茶，静候山野苏醒。山中的秋晨，空气清冽，仿佛周身流动着纯净的山泉，沁人心脾。初秋的太阳慢慢地在朝霞中探出半个身子，被白纱似的水汽缠绕的山林，一半被金红色的阳光照耀，一半还在睡眼蒙眬中舒展，缓缓地，太阳升得高了，那乳白色时薄时厚的白纱反倒浓重起来，湿漉漉的树木若隐若现，仿佛要继续沉睡。直到万丈光芒普照山野，那薄薄的一层才慢慢淡去，恍若缓缓拉开的大幕，是时候该主角登场了。

这时候，农家小院里渐次热闹起来。经过了一夜沉睡，人们精神抖擞，跑几圈步，活动活动筋骨，大山在人们的喧闹中清爽起来。几个应季蔬菜，一碗农家大锅熬制的玉米稀饭，新烙的锅盔，地道的农家早饭就在清晨群山环抱之中成为身心愉悦的初始。饭毕，行走在山野朦胧的光影里，路两旁灌木和乔木交织的混合林散发出清晨特有的清新，柔和的阳光穿过浓厚的地气，一如睡眼蒙眬的美妇，慵懒而迷离。路边植物手掌般的叶片平托着晶莹透亮的露珠，静静地立在晨曦里，偶有滑落的那一颗，"叮"的一声轻响，打落在稍低一些的叶片上，听吧，这可不得了了，那些承受不住这突如其来降落的叶子，依次放弃了手掌上的托付，在一片天籁般的嘀嗒声中，叶片上的晶莹剔透变成了一道道美人面上划过的泪痕，而叶子却愈发或翠绿或金黄了。

踏在潮湿的木栈道上，脚下的落叶发出沙沙的声响，由于还没有到落叶纷飞的时节，因此这些早秋时节的落叶便成了木质栈道上独特的装点。栈道两旁，是自由扭曲的藤类和高低不一的灌木，偶有旁逸的低矮树桩和无一例外的错落无序、自成一体的植物皆身裹嫩绿的苔藓，犹如裹着一身绿毯，这绿毯衬托着褐色的树干，形成鲜明的反差，让人不由得为这色彩鲜明惊叹不已。放眼望去，碧绿的苔藓是这深山里无处不在的常客，让人在那耀眼的五角枫般的翠绿里心神湿润，连心思也湿漉漉的。

午后，大山里的阳光格外强烈，照得人温暖而昏昏然，干脆小憩片刻，在这难得的和煦里随遇而安。睡眼惺忪中，伸个懒腰，瞅一眼还在山头的太阳，泡壶茶，翻几页书，耳边是因喜爱这片山林而干脆租住的老王舒缓低沉而又描述生动的各色故事，脚边是那只听得懂主人召唤的大黄狗，慵懒地而摇着毛茸茸的大尾巴，半眯着眼睛注视着不远处。顺着大黄狗的目光望去，那只通体雪白的波斯猫，又新逮了尾巴蓬松的松鼠在美餐。竹篱笆里，两丛黄色的小雏菊开得正盛，身后传来翠鸟啾啾的对话，应和着偶尔"砰砰"滚落的板栗，不用回头都知道，那只拳头大、刺猬般扎人的板栗果正微笑着露出褐色的果实，躺在厚厚的黄褐相间的落叶上，静待我们捡拾……

一个下午的时间，就在这美景中缓缓流淌，即使小院旁边的山路上人车鼎沸，那又有什么关系呢？俗世烟火能搅动的不过是一颗伺机而动的凡心，能辟出净土的人才是大隐于市。

太阳行走了一天，已不知什么时候隐退山后，星星零星地冒出来。不一会儿，可口的农家饭菜上桌，昨夜剩下的半瓶红酒在夜色里发出琥珀色的光芒。夜凉起来了，用过晚饭的旅人陆续回屋，偌大的院子上空，银河系带状的星河铺满天空，潮湿的夜色里最适合思绪飞扬，微醺的醉意涌上心头。

我们在日复一日的苟且里，远离了曾经的自己，甚至不曾让心里常驻诗和远方，其实，道不远人，那诗意和远方从未离开，就在你我一举手一投足的日常琐碎里。

2016 年 10 月 3 日

舞　者

猝不及防的一串清泪，毫无征兆地就滚落下来。

看到这支舞，是在元旦晚会的彩排现场，不知为什么，就特别认真地看着这么一支舞出场。男人已不是翩翩少年，秃顶腆肚，脸上有着与年龄不符的认真；女人们画了厚厚的彩妆，可脸上的褶子依然在灯光下若隐若现。在华尔兹优雅大气、节奏分明的曲子里，这几对中老年舞者，黑白分明地入场。男人们尽力地把自己嵌在黑色挺括的西装里，女人们一套白色礼服裙，裸露着已不太年轻的背。这样一群你在哪个城市广场都曾见过的舞者，就这样进入了我的眼帘。

娴熟的舞步，不断变换的队形，默契的配合，让我的内心一下子庄严起来，我默默地看着，那不太挺拔的男人和皱纹丛生的女人，一对对从我身边热情地飘过，一如黑白的电影里，男女主角爱情开始的桥段。这简素的黑白色，恰巧让那些皱纹和不合时宜的肚子善意隐没。

慢慢地，我开始注意到这些舞者的表情，男人们深情而专注地听着节拍，女人们的脸上开出春花的气息，我下意识地摸着脸，我在自己脸上也找到了同样的盛开。此刻，我被那份岁月打磨过的默契深深感染，那需要多大的勇气和耐心啊，不论他们是夫妻，同事还是朋友，要练就这样的翩翩舞姿，需要多少锲而不舍的一遍遍打磨啊？而这份熟稔里，又何曾是舞技上的配合默契？我分明看到了灵魂的水乳交融。

这个发现让我泪流满面，我已过了轻易被感动的年纪，可看到这一支华尔兹的黑白之舞，我依然被深深打动。

这世间有多少感情，就像这常有的演出，你看到的是优雅和谐，看不到他们背后的柴米油盐和各自从不同的家庭走出来，需要克服的不适和生活琐碎，来到排练场，为他们心中共同的美好而一次次的起舞，以期呈现一场并不盛大的演出，也让自己的内心得以满足。是的，是满足，这个词在这样的语境下准确地击中我。我在这些已不再年轻的男人和女人眼中读到了这样的情愫，一如我在街头偶遇的那些鹤发白首的老年伴侣，在过马路时牵着对方长满老年斑的手，瑟瑟而佝偻着从风中走过。我知道那背后一定是有着令人生起崇敬之心的日日重复和琐碎不易。这琐碎，是人间烟火里最温暖的底色。

一曲结束，我举着采访话筒飞快地走向我认为配合最为默契的一对，女人还在舞蹈的兴奋中微微带喘，她洋溢着美丽的微笑告诉我，她的舞伴是初中同学，现在是同事，认识了 40 多年，也跳了 40 多年的华尔兹，这份默契已经融进了彼此的骨子里。我在心里轻轻地惊叹了一声：哦，难怪！我看到的不仅是舞蹈，还是最美的人间情谊。

2017 年 1 月 2 日

舞

者

我有一座山

驱车向南 20 多公里，我便独自行走在这座人迹稀少的荒山里。

节气已过了大雪，真正的冬天似乎还远，阳光依然和煦。本该草木凝霜，脚下却只有昨夜匆匆而去的露水，湿漉漉的地面，泛着冬日里枯草的气息。面向阳光，我独自走在这冬日大山的羊肠小路上，想必这里是没有野兽的，面对日益贪婪的人类，野兽早已销声匿迹。

我的孤独被太阳看在眼里，留下身后长长的影子，我长出高高的自己。回头看看，那个高大的我也在回头，寻找它的影子。我从没有注视过自己的影子，也从没有见过自己如此高大，在城市的喧闹里，我要么坐在车里，要么走在杂沓的人流里，连我都没有留意自己是否还有影子。于是，这个发现，让我高兴起来，有另一个我的陪伴，我不孤独。

冬日里的山野，没有了生机，格外静默。耳畔是淙淙流过的泉水，各色鸟儿灵巧地啄食着草籽，乌鸦"哇哇"地飞过，只剩下枝干的柿子树顶着零星的红柿子，像举着祭品的巫师举行一场盛大的祭礼。冬天，是收藏的季节，收获让山民不再吝啬，而舍得留下果子给鸟类过冬，让鸟儿得以食物丰盈。在鸟儿此起彼伏的欢唱里，我迎着太阳，贪婪地呼吸着清冽的空气，试图把城市里不得已吸进去的废气吐纳干净。越往南行，山路越发陡峭起来，山野之气也渐渐浓郁，不远处，一户人家隐约可见，屋顶的炊烟袅袅升起，我加快了脚步，一路上不曾遇见人迹，多少还是有些惶恐。

不一会儿，召唤我加快脚步的那幢房子就在眼前。灰色的瓦片缝隙里，长出高高的狗尾巴草，在风里摇摆，红砖墙透着淡淡的冷清，黑色的木门挂着一把硕大的锁，我环顾四周，哪里有什么人影？甚或那一片炊烟也被风刮跑了似的，了无痕迹。我揉了揉眼睛，环顾四周，落光了叶子的巨大乔木光秃秃地站立着，脚下是厚厚的枯叶。我围着房子转了一圈，四周空地上的枯草提示着我这里许久没有住人了，那么，召唤着我急急赶路的那片炊烟呢，难道是在梦里？

找了块平整的巨石，我坐了下来。太阳暖暖地照在身上，我闭上眼睛，不再去想那片炊烟到底是不是虚幻的问题。耳畔，泉水叮咚，群鸟儿们由远及近的叫声让我缓缓睁开眼，这群红背黑翅的鸟儿小巧圆润，贵妇般的身姿让人忍不住想触摸它们。我拿出橘子，剥开，轻轻放在它们刚刚啄食草籽的地方。然后，转身，往山下走去。

生怕我弄丢了自己的影子，太阳把影子推到了我的面前。我朝前走，影子也朝前走，我明白了：不是我走，而是我的影子带着我走。我害怕起来，如果没有了影子，我该去往哪里？谁又肯收留我？谁又愿意带我走呢？我惶恐不安起来。

路过一块背阴处，大块巨石上一座小小的土地庙赫然出现。这个发现，让我从影子的沮丧里挣脱出来。我慢下来，爬上巨石，虔诚的立于这座小小的土地庙前。这是一座普通得有些随意的小庙，小到只容土地公一人端坐，红红的对联已看不出字迹，随风扑棱。我拿出随身携带的橘子，默默地放在那堆用来插香的小沙堆边上，暂且让这吉祥的果子给这寂寞的土地公一些暖意。

身后传来一阵轻快的脚步声。回过头，一位布衣道士带着一只黑黄相间的大狗从山路上缓缓走来。"最近山里冷，都没人来爬山了，你怎么一个人啊？"我加入到这一人一狗的行列中，默默地相跟着下山。"我在山下守庙，到了冬天没人的时候，就能静下来，这座山就是我的。"

我明白了，他在山上，山在他心里。

这一刻，我也有座山，我和我的山，沉默两对，寂静欢喜。

2016 年 12 月 10 日

扫　尘

　　"过了腊八，长一杈把"，这是关中地区特有的农谚。意即过了腊八这一天，白天会慢慢长起来，夜晚会变短。木杈这种农业劳动工具，在这里成为丈量时间可触摸的实物，仿佛时间都藏在被粗糙的大手磨得光秃秃的木把里。长不过五尺的杈把，让腊月的时光格外匆忙，喝了五颜六色的腊八粥，人们心思恍惚起来，谋划着一年的辛苦之后犒劳自己，于是连这"腊"字都散发着浓浓的肉味，绕梁千年而不绝。

　　在关中，体现农耕时代印记的莫过于人们的性情。这里一马平川的广袤大地，是小麦的主产区。每年的春分过后，绿油油的麦子起身拔节，伸伸懒腰，大地就被浓绿覆盖，人们三三两两地出现在地里，是时候该给今年的收获施肥除草了。一方水土养一方人，小麦养育了内敛木讷又豪情万丈的秦人，这似乎成为农耕民族的性格特点。难怪呢，很少有人知道小麦也是开花的，那小小的白色花粒挂满刚刚吐穗的麦穗梢，只消一阵风过，这些不起眼儿的小花就悠悠飘落，甚至在泥土里找不到它们的痕迹。这开花不显、状如阴器的小麦，养育的秦人也格外木讷低调，似乎把小麦的滋养吃到了骨子里。而天气四时以阴阳调和为最佳，看上去木讷的秦人，性格却出奇的豪爽狂放，一声秦腔吼得八百里秦川地动山摇，粗瓷老碗里鲜红的油泼辣子拌粘面，直吃得硕大的头颅热气直冒。这十足的阳性对应着阴性十足的小麦，一时间，阴阳平衡，天地和谐。可以说，智如秦人把自己作为天地精华，在这八百里秦川上，生生不息，自给自足。

收获了夏秋两料庄稼，盘算着这一年的收成，人们在冬日里难得的暖阳下晒着日头，懒洋洋地疏散着一年来的疲乏。冬季的关中大地，就像一幅原本艳丽的山水画不慎跌入水里，遗失了所有的色彩，模糊着苍白的线条。那些黄土一色的房子隐在这灰扑扑的天地间，如隔着烟雾一般，遥远而迷离起来。窝在门前的大黄狗耷拉着厚厚的毛，蜷缩在草垛里，威风全无。

而一进入腊月，人们就变得活泛起来。过了腊八，送走了"上天言好事，下地降吉祥"的土地爷土地婆，洒扫庭院、迎接新年的腊月二十四就到了。此时的关中大地更加寒冷，行色匆匆的路人缩着脖子，也止不住冷风往衣领里灌，摊开手，一把风就冻在了手里，让人合不拢手指。

寒冷冻住了大地，冻不住人们过年的热情。家家户户，抬箱子挪柜，八百里秦川在沉寂了半个冬天之后，再次尘土飞扬。人们把使唤了一年的瓶瓶罐罐、碗碗坛坛纷纷搬出来擦擦洗洗，那些穿了一冬的棉衣棉裤也要浆洗晾晒，家里是不能有一星半点的灰尘的。男人们戴着旧报纸糊的尖帽子，把鸡毛掸子绑在竹竿上，脚踩能长入云里的梯子，扫去落在屋顶墙壁上的灰尘，一不小心被灰尘迷住了眼睛，那嗔怒里也少了平日的横劲儿，即将过年的喜悦把男人们的脾气也变软和了。女人们把还不会走路的吃奶娃娃用床单裹了背在背上，床上的铺盖是要彻底拆洗的。拆下的被褥、被面、被里要清干净，洗衣机轰轰转着，一时间，院子里临时拉起的绳上就挂满了五颜六色的"万国旗"。已经铺盖得如死面饼子一样的被褥芯子，也要在操着河南口音的弹棉花匠人那里重新弹得暄软如新。择个有太阳的日子，女人们三五成堆、叽叽喳喳地抱着各家浆洗干净的被面被里，聚拢在一家的院子里，铺上竹席，引线穿针一个上午，被褥缝了，肚子里积攒的东家长西家短也腾干净了，就各自牵着娃娃、抱着被褥回家了。当夜里，暄腾腾、白馍一样酥涨的被褥就铺上了。孩子们这时候是最欢乐的，家里的家具全变了位置，床底、柜子下，平日里找不到的玻璃弹球、喜爱的另一只鞋、一个纸三角，这时候全都跑了出来，那个兴奋劲儿比过年拾了一把小炮还高兴。尤其是从屋里抱出来的一堆脏衣服里一不小心再掏出个五角一块的钢镚儿来，那今天中午的零嘴儿就有了着落了。

里里外外洒扫一新，看着家里盆碗锃亮，衣被如新，伸展一下疲乏的身子，连心里都敞亮起来了。这屋子就看谁拾掇呢，女主人嘴里嘟囔了一句不知道给谁说的话，转身进了厨房。男人们满足地圪蹴在院墙下，抽起了烟。不大的工夫，婆娘从厨房出来，左手一碗粘面，右手捏一疙瘩蒜，一言不发地递给蹲着的男人。男人挑起长长的面条，心里就潮起了蜜：这日子，好着哩。

拟题于 2017 年 1 月 14 日

完稿于 2017 年 3 月 11 日

过年了，让我们放下手机

　　过年，是所有中华儿女的精神图腾。我们在一年的忙碌之后，以各种交通方式，迁徙大半个中国甚至跨越重洋，不远千里奔赴那个所有中国人心目中的"家"，让所有的牵挂在年中得以释怀。不论这个家是贫穷还是富有，是简陋还是豪华，在万千游子心中，历尽颠簸到达的不仅是心中的温暖，更是给漂泊的心一个归属。

　　农耕时代的肉食匮乏给了仓颉以灵感，就连腊月这个中国人独有的月份词语都满溢着浓浓的肉味而千年不绝。在父母期盼的眼神里，在腊月最后一天，我们必会放下所有的外在身份，踏进那个给了我们生命的家，安心做一个天伦之乐里该有的角色。不论是"遥怜小儿女，未解忆长安"里那份妻子对丈夫的思念，还是出门前"慈母手中线，游子身上衣"里父母对孩子的牵挂，更或是"王师北定中原日，家祭无忘告乃翁"的父子家国之情，在踏进家门的这一刻，全部冰雪消融。所有的牵挂和思念都有了慰藉，这一刻，八千里路云和月的艰辛，瞬间消弭。

为了这一天的团聚，我们在浓香的腊八粥里开始神思恍惚，那份归心被挑动；我们在小年的祈福里，寄语灶君赐予全家来年吉祥如意；我们在洒扫庭院的辛劳中，除去一年里家宅的不如意，也扫去累积一年的心尘；我们还在宰鸡剖鱼的忙碌里，期盼家人乐享天伦的喜悦……可以说，千百年来，时间更迭，我们年岁渐长，而唯一不变的是这份过年的隆重和情谊。在这情谊里，我们发酵亲情、感恩、敬畏，也洞悉自我，期盼来年。在这个中华儿女的集体聚会里，我们给了过年太多的承载和美好期许。

可以说，我们不远千里奔赴的不仅是一场团聚之约，更是一场亲情之约。有人说，陪伴是最长情的告白。在这重要的节日里，陪伴是所有情感之惑的解药，我们化解乡愁、品味美食、倾诉心事，所有与心灵挂钩的烦扰都在这短暂的陪伴中消解。父母得知孩子的工作生活，孩子理解了父母长久不衰的思念，小儿女的呢喃细语成为长辈快乐的源泉……

这样的时刻，请不要用手机破坏这份浓得化不开的情谊。你在低头玩手机的时候，看不到父母欲言又止的沉默背后，那份无言的失落；你感受不到亲友急于倾吐而又不得不止语时，那份失望的无奈；你同样看不到孩子们飘着一路银铃般的笑声，跌跌撞撞想扑入你怀里而不得的失望……这些，都是你在一低头的独乐里无法体会的心伤。

那么，请放下手机，释放你心中最纯真的情谊，不要把过年的意义委顿在不停歇的刷屏里，安心给家人一个温暖的陪伴。因为，过了年，我们依然要在这情感的循环往复里奔忙，而今年陪在身边的不一定明年还会再见……

2017 年 1 月 15 日

过年了，让我们放下手机

老　城

李刚／摄影

　　借着保护站二楼走廊的灯光，我仰头望向这漆黑的天空，一排雨帘垂直而下，长了脚似的奔向大地，地上便开出了无数雨花。俯视着模糊而静默的流经秦岭的湑水河。老城在这个初夏的夜晚，隐在无边的黑暗里，仿佛那个一夜消失的庞贝古城，谜一般让人神魂颠倒却无法触及。

这是一座有着192年历史的古城，隐在深山老林里。从冬日的秦岭梁望下去，船型的老城东西向坐落在群山环抱里，犹如一个巨大的盆底，平坦而紧凑。三个城门依稀可见，湑水河环绕城北，这一城的人，在这城池里犹如安睡在秦岭臂弯里的婴儿，一睡就是百年。

这就是清道光五年（1825）修建在傥骆古道上最大的中转站，曾因出土两尊佛像而得名的佛坪古城，如今的周至老县城。

仿佛冥冥之中的召唤，我日夜思念着这座老城，几近成疾。而此刻，我在游走一天之后，依然由于心中有太多的未知而焦躁不安，不得不穿上棉衣撑起伞走进雨夜。如果你在我身后，一定会清晰地看到我黑色的棉衣与泼墨似的夜，竟如此的心绪相当。

我的魂丢在了这座老城里。一踏上这条青石板铺就的路，我就心知肚明。

按照白天的记忆，我慢慢走向那扇大铁门。雨滴敲击着伞面，我一脚踏进了无底的黑暗里，那浓重的暗让人透不过气来，有些惊慌。空气中，是和近200年前一样的冷冽，就连这浓重的黑暗也透着历史的一脉相承。我突然觉得，我其实不是一个人，我脚下的这块旧称佛坪厅的地方，最繁盛时可是三四万人呀，隔着192年的历史尘埃，如盲般的无边黑暗和落在我脚下的朵朵雨花，可曾和旧城的居民们看到的一模一样？

那生于斯长于斯的人们，是否幻化成雨滴的模样，梦回故里？

透过铁门的栅栏，什么也看不到，仿佛白天的城仅是一场春梦。而我知道，那个由饲养室改造的叶广芩旧屋就在我的右手边，那昔日里喝酒赌博的荣聚站就在我的左手，还有那谜一般的天狱也隐在荣聚站西北方向的尘埃之下，它们都隔着不太宽阔的青石板路，掩藏在这夜色里，连同往事一起天地闭合，生怕一不留神吐露了什么人的秘密。

一、神魂颠倒

踏上这片土地的时候，丰乐门外，一户黑瓦泥墙的老房子门前，有年轻女子端了一盆水正站在房檐下往外泼，老屋映衬着鲜明的青春气息，让人眼前一亮。而坐在房檐下身着厚夹克的老妇正翻了袜筒眯缝着眼睛寻找着什么，我就是在这个时候站在了西门外，穿着关中平原应季的短袖。我要去的地方是老县城保护站，电子地图查找不到，只好打问。那位老人迷茫地看着我，吐出几句难懂的话，我看着她特有的山地居民的脸庞，试图在那层层的褶皱里听懂她的回答。她又说了一遍，我依然没能听懂，只好返回车上继续前行。

路过城门洞，蓦然想起这上面就是当年杀土匪示众之地，而离此处不远就是埋葬知事任上一天也没待过的张治张公墓，就突然有些头皮发麻，心里一紧，赶紧仓皇进城。回过神来，仅仅一两分钟，那些清一色的黑瓦泥墙都已在身后。哦，原来一不小心出城了。周长不到1200

米的老城容不得我仓皇逃窜，还没逃，都已出城外。这城，也太小了。

给保护站老何打电话，老何说，你一直往前走，过来吃饭。

落座，我问老何，怎么不说东西，而说往前？这个曾在舟山群岛戍守海域十三年的前海军志愿军，笑眯眯地抬起他只长了一个酒窝的圆脸，反问我，咱们现在是在城东还是城西？我不假思索地说，城西。他笑了，是城东。我在他的回答里瞬间凌乱，城门洞果然神奇，一进城我就成了刘姥姥。我又问了心里疑惑的第二个问题。老何笑得筷头上夹着的一片透如蝉翼的腊肉差点掉落桌下：你可真会挑人，城里城外总共二十几户人家，就这一个耳朵有问题的人，你问谁不行，偏偏问她。就是给你说了，你也听不懂她说啥。

这神奇的古城，一见面就给了我一个下马威。之所以以为是城西，是在仓皇迷乱中发现城里路边两侧的青石水渠里，水流一路欢唱向前，大河向东流，那么相反的一定是西边了，老何电话里的向前明明就是朝西，怎么就不对了呢？个子不高、稍显文弱的保护站周站长幽幽地接了一句，一过秦岭水就往西流。

此刻，我站在栅栏边，在黑暗中默默地笑了起来。

中午饭是在村里唯一的医生家吃的。家养的土猪、挂的腊肉焖上干豆角，佐以细辛（一种中药材）；房后地里起的洋芋制成的粉皮；金黄色的土鸡蛋炒韭菜；还有一盘李医生称为白蔓叶的野菜；还有炸得酥脆的藿香叶、花椒叶饼；加上一盘黄澄澄脆生生的炒土豆丝，就着兑了蜂蜜的自酿苞谷烧，一大口金黄色苞谷烧下肚，喉咙就发起烧来，呛得我连声咳嗽，一桌人都笑了起来。饭后我才发现，这兑了蜂蜜的苞谷烧果然是好东西，意外地让我数年以来多梦的睡眠变得无梦，一觉醒来已是临近傍晚！也难怪我在路上见到的老者虽然老态，可依然步履坚定，腰上拴一个鱼篓，背上披一片塑料布就去河边捞鱼了。老何说，路上遇到的老者不用问，个个都在七十岁左右，这里的村民看着面相轻。

喝自己酿的酒，吃家养的土猪肉，在这无闲草的秦岭，再随手掐一把中草药当作料，呼吸着这海拔近两千米的纯净空气，一城烟雨，住了半城神仙。

李刚／摄影

二、红石头

下了一天一夜的大雨，山洪裹挟着碎石枯枝从山顶奔腾而下，远远听去，如羚牛群集体下山，几处过水路面因了水流湍急变成了天然屏障，山外的游人进不去，山里的山民也出不去，这个百年老城成了一座易守难进的围城。

我成了这里唯一的游客，仿佛天意。

是夜，保护站里，雨滴敲打着马头墙，雨水顺着黑色的屋檐流淌下来，击打着地上的落石，犹如地下奔跑着千军万马。我在这万马奔腾声里，竟自沉沉睡去。

恍惚间，我独自徘徊在西门之外。佛坪厅古城保护碑寂然而立，城门上丰乐二字早已风化，只剩下城门洞里当年佛坪厅官造的灰黑色城墙砖依然坚固，击之冷冷作响。穿过城门洞，格外阴冷，我不觉裹紧了身上的棉衣，快步穿过城门，头顶，我依稀听到那位被土匪用大片刀结果了生命的旧知县无力的叹息声。我不敢回头，在这阴冷的雨天里，我害怕与那些守城的魂魄两隔相望，互不做主的生灵，互不干扰就是最好的相处。

老城里有三个城门，时至今日依旧保存完好，巨大的卵石砌成的城墙历经百年依旧无坚不摧，苔藓顽强地爬满了石头缝隙，透着历史的苍凉。东门景阳、西门丰乐、南门延薰，除了东门景阳二字清晰可见外，其他两个城门上的字迹早已随着季风不知所踪。这个城里没有北门，湑水河在秦岭脚下玉带般绕城而过，形成北门城池，本应坐北朝南、背靠青山才能江山万年长，却一不小心坐在了水流之上，使得这座古城知县流水般轮番上阵，谁也坐不牢这铁打的营盘。倒是山民们在这固若金汤里，一代一代繁衍生息，使得山村经过近二百年的生老病死，加上和附近的华阳、佛坪等地联姻走动，这一片山头住了一山亲戚。

我爬上书写着"禁止翻越"红漆警示木牌的城墙，举目四望，老城端坐雨中，美如画卷。忽然，脚下一松，一块鸡血红色的石头赫然断裂，在这一堆青黑色卵石里异常醒目。我拾起来握在手中，石头沁着天然的凉意，这意外的凉一下子惊醒了我。

在这古城里，无处安放我惊慌失措的灵魂，即便是在梦里。

我行走在老城无人的街。站在延薰门四四方方的城门顶上，左右两侧坚固的城墙宽厚结实，脚下的城门洞里没有守卫，也没有行人，甚至没有一头过路的牛，雨天的老城在大白天里沉睡，只有我在这老城里游逛，在藏匿了改朝换代、你死我活的草木间，雨中看江湖。

东门城外的城隍庙里，城隍大人早已不知所踪，只留空庙守在城外，空无一物的东西两殿两两相望，连门上的锁都锈迹斑斑。隔着木格窗孔望去，除了一地的草屑，别无他物。本应住在城里守护一方百姓平安的城隍，离奇地守在了城外，自己都不知道职责所在。如今，没有了城隍的城隍庙，和当年守在城内的知县守不住这个先天跑气的老城一样，把自己也弄丢了。东殿墙北的梨树下，竖着一块残缺的碑，碑顶一条青龙在祥云围绕里孤独守望，想必那残缺的部分还刻有一条同样的龙。汉白玉碑身从右往左最重要的文字内容已无从得知，残留的"著汉中镇属佛坪营守府加五级纪禄十次王其昌"清晰可辨，落款为"道光二十七年岁次丁未孟秋月吉日立白玉瑱敬舒"。请教文物专家得知，这是道光二十七年也就是 1847 年城隍庙初建时，当时隶属于汉中府的佛坪厅给一位名叫王其昌的人颁发的荣誉证书，类似于现在的先进个人称号。阅览残缺不全的碑文得知，这是一座官制功德碑，记述了于建庙有功的人员所捐银两数，类似于授予集体功勋之意，参与建城的首任同知景梁曾的大名也赫然在列。在老县城出土的其他石碑上，也常有加三级纪禄三次、五次的记载，把文件刻在石头上，这在当时的清廷以及数代封建帝制中，成为重要文件的象征，这样的方式和今天发一纸红头文件任命官员或嘉奖官员用途一致。

从城隍庙出来，进了东门，路北地边手写的"经制署"木牌就挂在木篱笆上。隔着不高的木篱笆，石头焚字楼立在一片种了黄豆的庄稼地里。焚字楼一人多高，汉白玉造，四周可见当年火烧的痕迹。"惜字凭心地，读书见性天"的楷书对联依稀可辨，对仗工整的句子透着那时读书人对文字的敬重。据说，当时读书人写过字的废纸和官府废弃的文件都要经过焚字楼烧毁，以示敬惜字纸。转到背面，一个巨大的铜钱造型赫然在目，尽管焚烧的痕迹已让石体发黑，可依然掩不住这重工雕琢的硕大铜钱。当下揣测，这是彼时读书人"书中自有黄金屋"的读书追求，抑或是提醒书生幕

老城

僚们当字纸如金？立在焚字楼前，颇让我踌躇了一会儿。

我在雨中走过这座睡着了的城，那些长辫黑袍的形象在我的脑海里鲜明起来，他们或无言以辩，或屏息执笔，或结伴游走，我透过重重烟雨旁观这隔世烟火，却不知身处何处。

打开房门，书桌上平卧着那块泛着鸡血红的石头，断碴清晰。

李刚／摄影

三、红尾水鸲

踏上蜿蜒的青石板路，两旁是俄罗斯式的木篱笆，这些用柳树截成的木栅栏任由经年的雨水浸泡，呈现出冷艳的黑色。神奇的是，虽然已经被裁切当作木篱，可这些顽强的树木依然把枝条茂盛在黑瘦的木桩上，形成了这座故城独有的景观：篱笆也是树。待到这些柳树长成，山民们会继续砍伐，那些仍旧担当了篱笆的树身顶着一丛茂盛的枝叶如美妇云鬓般妖娆而立，成为老县城独特的景致。而在这青石板路两侧，随处一堆乱石和谁家丢弃的汉白玉水槽，卧在高矮不一的草丛里自成一景，和着篱笆里整齐的玉米、洋芋等作物，以及不远处房舍前踮脚散步的家鸡，让老县城透出一股遗世独立的味道。

老城的房子，大都保留了旧城的模样，黑瓦泥墙的房子依傍青石板路蜿蜒而建，错落有致地分布在路两旁。因着路势，各家并不对仗工整，南北两旁的房子如犬牙交错般相向矗立，这样，民居就呈现出散珠般的自由风貌，而这墨玉般的青石板路便是那串珠的线了。

在家家户户的人字形屋顶下，山民把数根木椽并排平放，就成了一个平展展的木台，里面整齐地码放着金黄的玉米棒，据说几年都不霉不坏，这实用的开间储藏室，成了老城另一处风景。

因海拔的缘故，这里主要适合种植玉米和洋芋，产量也不高，即使这样，收获时节山上下来的野猪等也会跟人争抢粮食，于是家家户户屋外的地边都会有简易的棚子用于成熟时看护庄稼，当地称之为守耗棚。厚畛子山歌里就有一首《守耗歌》描述了当时的情状："一更鼓儿天，来在耗棚边。先到地里走一圈，然后把火攒。想起守耗人，实实太惨情。一夜吆喝到天明，瞌睡睡不成……"这首山歌反映了庄稼收获时守耗人从一更到五更的守夜生活。时至今日，一到收获季节，山民们依然会沿用这种古老的守护方式，防止野兽偷食庄稼。而在地边，那些捆扎得活灵活现的稻草人，头戴草帽、身披雨衣，在田间地头忠于职守。

由于历史的匪患、交通、区划调整等种种原因，这老城内外只有二十几户人家，如果从东城景阳门到西城丰乐门，穿城而过也就是十分钟的脚程。所以，想想初识老城时的仓皇，实在可笑。

城里城外的二十多户人家都在经营着农家乐，每家每户都起了一个颇有深山意味的店名，如"深山人家""竹韵农家乐""老蜂农农家乐"，等等。当地政府也对这里的农家乐进行了资金支持，每家每户统一发放了大到家具床单，小到筷子水壶等用品，加上门前统一风格的黑底金字招牌，这大山深处的人家每年也能有个六七万元的收入。这样的收入，意外地让这里的人口不再持续减少，姑娘小伙一改数年出嫁或入赘山外的习惯，村里也渐渐娶上了外来的媳妇，山村活泛了，居民们也乐得守着这一方天地自在逍遥。

看到"琴英书屋"的时候，李琴英正在门口端了碗吃炒米饭，见到我，立即放下碗，腼腆地招呼我进屋坐。这个当了近二十年民办教师、临了也没有转正的山村女教师，谈起当年的经历，仿佛在说别人家的故事，脸上始终挂着淡淡的微笑。一周往返八十公里山路，翻山越岭穿过野熊、羚牛、麻羊子活动频繁的深山老林去教书，八十块钱的工资一拿就是十几年。这位山村女英语教师在平静的讲述中准确地告诉我什

么是坚守和热爱。以至于上至大山方圆几十里的老者，下至孩子们，无一例外的都尊称她为李老师。"这就够了，大家的尊重远比一个公办教师身份重要多了，办得了，办不了，都无所谓了。"李老师一副放下了的神情淡淡地说。除了坚守大山教育事业二十年的山村民办女教师身份，琴英还创造了另一个奇迹，那就是她跟爱人张永壮不离不弃的爱情故事。出生在山外的琴英，父亲是方圆几十里有名的木匠，从小家里就吃穿不愁。1989 年上高考补习班的她认识了同班同学张永壮，爱情的抉择让琴英毅然跟着丈夫回到了家徒四壁的深山老城。"苦啊，当年咋不苦，可那时候年轻，现在想想，都下不了那样的苦。"说这话的时候，琴英的眸子里透着对自己的钦佩。"村里的老人们都说我不容易，也就那样过来了。"如今，一双儿女都已考上大学，女儿大专毕业已经工作，儿子前年考上大学去年去了北京当兵。不当民办教师的琴英如今也和村人一样办起了农家乐、养起了蜂，不错的收入远远超过了当年的工资收入。

琴英家堂屋正对着南门，坐在屋里，整个延薰门镶嵌在门框上，如一幅画挂在堂屋前。我们说话的时候，张永壮正跟休假在家的女儿围坐在火炉边烤火吃饭。堂屋门边一个小方桌上整齐地摆着几十本叶广芩的书，三个不同版本的《老县城》和《秦岭无闲草》并排立着，上面苫了一块干净的粗布。书里的人售卖着讲述自己故事的文字，就这么不经意的跟我撞了个满怀，被文字定格。

我要给琴英拍照，她腼腆地说，你是要拍全身吗？我去换双鞋。

秦岭湑水河源头有一种依水筑巢的鸟，叫红尾水鸲，这种鸟叫声清脆，体格娇小圆润，飞翔时雄鸟张开的尾翼如红色扇面，煞是好看。在这里，每200米的河道就有一对红尾水鸲筑巢，这些鸟儿既不允许别人入侵自己的地盘，也从不飞入别人的地盘。我那天看到这些水鸲的时候，一对鸟夫妻正带着一双幼鸟在自己的地盘上捕食嬉戏。

红尾水鸲　杨广库/摄影

四、荣聚站

荣聚站和琴英书屋离得不远，同样坐北朝南，这是老县城唯一一座完整保存了晚清风格的木质结构老房子，上了锁的木门漆成不起眼的深灰色，在老县城一色的黑瓦泥墙中格外令人瞩目。老何说，这房子外面看着是一层，其实里面有个阁楼，起间高着呢。抬头望去，高大的外墙上，荣聚站三个金光闪闪的大字嵌在乌黑的木匾上，积了薄薄的一层灰。干净无尘的老县城，连这牌匾上的灰尘都透着历史的陈韵，不知道哪一粒里，就会隐藏着一个爱恨情仇的江湖故事。我站在细雨里，久久地凝视着这薄薄的灰层，心里满是敬畏。

弹钱、掷骰子的荣聚站是光绪年间的赌局，这个当年异常热闹的地方，不知多少山民因为赌输了老婆孩子沦落为流寇土匪。而如今，老县城的人却出奇地不好赌，宁愿雨天睡觉也不沾染赌博的习气，这个历史的遗迹成了最好的警示教育。

我打开荣聚站西边一户农家的木栅栏门，想看看后面的天狱。当年这个神秘的监狱如今已只剩一个砖土混合结构的城墙角，孤立在一片农田边上，砖墙缝里长满了荒草，白色的墙土到处是虫噬的空洞，一阵风过，这孤角仿佛顷刻间就会顺风成尘、随风而逝。地边，一处木篱笆围起来的鸡舍里，一只硕大无比、羽毛红黑相间的大公鸡，顶着鲜红的鸡冠，金黄的喙下悬垂着同样鲜红、肉质肥厚的肉裾，昂首阔步地巡视着，一群母鸡跟在公鸡身后，啄食着淤泥里的虫子。这个曾经关押过囚犯的神秘监狱，俨然已是鸡们的地盘，透着无限祥和的妻妾成群。

据说，之所以称这座监狱为天狱，跟监狱的设计有关。没有门也没有窗，人犯物品一律用吊杆从高墙上调运进去，不得不说构思奇特。而想要逃跑的犯人，永远也抠不完两层砖墙之间的流沙。这堪称完美的设计，实在是让人匪夷所思。临近赌局设计监狱，老祖宗们对人性渴望享受的特点不能不说是掌握精准。试想，金钱、美酒、女人，哪一样不让人神魂颠倒，在这一浪高过一浪的俗世快乐中，那些无事下狱的无辜，抑或杀无赦的污吏，但凡心里有点念想，都会加快洗心革面，以图出狱快活。这个设计思路暗合了美国某城的监狱设计，监狱就设在城市最繁华的路口，看着玻璃窗外人们自由的生活，那些被挑逗起的向往心无形中加速了改造的步伐，从而起到间接的教育作用。在这一点上，剔除文化、宗教、文明等诸多因素，隔着八竿子打不着的时空，中外古今心思相同。

五、深山守护者

清晨，房间门框上筑巢的白脊翎发出清脆的啼鸣，睁开眼，耳边依然是雨声滴答。打开水龙头，竟流出些发黄的水来，夹杂着黑色的不明颗粒，接到水杯里，一只虫子振着翅膀爬出水面，我心里一时作难起来。

跑到二楼问老何。"河里涨水了。"老何停下正抄的《心经》抬头瞅了我一眼说。说完，老何放下手中的毛笔，从字案下取出两只塑料桶说，咱们去灵泉取水。

不大的老县城，据说四角均有一处灵泉，如今只有南门和西门的灵泉还在。老何带我去的是西门外的灵泉。

石条围砌的一汪清泉干净见底，四方四正，让人心生喜欢。而在五六十米开外，南门的灵泉也透着见底的清澈，这两口泉水从地底冒出，常年不枯，旱涝不减，每个泉边都分别有一角往外流水，以供畜饮或洗濯之用。泉水流经之处，形成了一个小小的水道，使得灵泉周围的水草格外青翠茂盛，各色花朵点缀其间，宛若草原。这泉水缘何不绝？我问老何。"不知道，这城里的人如果遇到旱季山上无水就到灵泉取水，泉水永远不溢不涸。提回家烧开喝，也没听说过人畜生病。"我掬了一口这冬季不冻四季不竭的灵泉水，果然清甜，就更是心下喜欢。

喝了灵泉水，就更灵性了，老何说。

这南门灵泉还有一个神奇之处。遇到有太阳的时候，对着水面，合掌对拍，原本平静的水底细沙就会汩汩涌出，随着掌声不断加大，会逐渐形成沙泉的模样，越冒越高，旁边的沙泉也渐渐鼓出。不一会儿，一小片沙泉便形成鲜明的涌沙效果，一如地下藏了一只只小兽企图从沙底钻出，这时候的细沙晶莹剔透，颗颗分明，煞是好看。再移步西门灵泉，虽然相隔不远，却任由我们如何鼓掌都没有这奇观出现了。

老何是周至老县城保护站的办公室主任，站长姓周，周站长大老何九岁，两人一正一谑，颇为互补，加上去年八月同时从十里地外的秦岭梁保护站调到这里看护老县城以及这深山里的动植物，就显得格外要好一些。位于南门附近、城中央的老县城保护站和城外的文管所是这个老城唯一的两处正规单位，保护站平常有十数工作人员，由于最近休假、

老
城

外出勘验等，保护站里就只有周站长和老何，外加一个做饭的许师傅。

一天傍晚，我在西门附近看完灵泉回来，看到城墙上文管所的李刚和同事正架了相机拍天空上的云。我喊了一声，李刚把头探出来，随之出现在城墙上的还有李刚养的狗的狗头。山民说，李刚的狗也叫李刚。

秦岭山里，抓把云就是雨。这是老何在我到达老县城后跟我说的最让我印象深刻的一句话，这句话，让我认定老何是个文人。

坐在保护站二楼，不远处的秦岭山脉横亘眼前，雨还在下，云雾弥漫上来，显得秦岭犹如水墨画卷。近在眼前的雪松、水杉、箭竹格外翠绿，喜鹊、白脊翎发出清脆的叫声。过桥分野色，移石动云根。没有移石，云却飞快地跑了，眨眼间新云重新漫起。

老何把从泉边汲回的水倒进壶里烧开，我取出熟普，洗壶温杯，喝着灵泉水泡的普洱熟茶，竟喝出了与往日里不同的醇厚，心下暗自称奇。

就着绿山白云，滴答的雨声，啜饮着酽茶，听着二位守护者讲述他们进山的种种经历，才惊觉眼前的美景不过是表象。

老何他们把每年两次的动植物进山普查称为"跑山"，跑山的目的是为了了解秦岭山脉的动植物数量和生长情况，以便做好针对性保护。我问老何，这秦岭里到底有多少种植物？老何说，他曾经带过一个学植物保护的大学生，本科学了四年直至工作了一年都没完全搞清楚秦岭里的植物种类。至于路边，平平常常的一棵草就会是一种中草药，车前

草、大力子、茵陈、贯众、山茱萸随处可见。至于动物，黑熊、麂子、麻羊子、羚牛、蝮蛇、大熊猫、金丝猴以及各种鸟类更是不计其数。"咱在这说话呢，不一定哪棵树背后就有一双眼睛盯着咱呢。"老何说这句话的时候我立即感到后脊梁发凉。到了冬天，村民王三圈家对面的油松上，经常有成群的金丝猴在树上打闹嬉戏。人在院子里吃饭，金丝猴就挂在树上吱吱地叫，示威似的。

有一次村里的一位村民，一米八几的大小伙儿骑着摩托车准备出城走老丈人家，正骑着，路上一条盘着的秦岭蝮蛇昂着头朝他吐信子，小伙子吓得扔了摩托车就跑了回来，捂着脸对邻居说，你去帮我把摩托车骑回来。

跑山是件苦差事。看上去葱郁秀美的大山，其实谜团重重。一次，周站长带着老何从都督门往湑水河源头去那片森林深处给红外线相机换电池，刚一下到河道，一只羚牛就在河边喝水，两人一下子懵了，人和羚牛大眼瞪小眼地互看着，一动不动。估计羚牛是吃饱了，看了他俩一会儿就转身消失在丛林里，这时候，两人才发现，厚厚的工作服湿透了。

周站长他们继续赶路。所谓的路，其实不是路，是人在灌木丛生的密林里踩在哪里哪里就是路，而这些看似温柔的灌木丛，底下到底藏了多少蛇类和动物不得而知。老何是个细腻的人，他告诉了我这样一种跑山体会：那些生长在原始林中的藤类哪怕只有手指头细都会有一股天然的张力，这种隐形的巨大力量在人经过的时候，会伸出那些细微的毛刺把人缠住，不让人走，越是挣扎越是缠得紧，直至一个活生生的人化作这片森林里的肥料……

跑山最好的季节不是夏季，而是冬季。夏季的山被草木覆盖，压根儿就看不透里面有什么，更看不出山头和山头有什么区别。一次，周站长带着老何去一处深山，需要爬过眼前这座山才能到达目的地。指南针那天照例在进入深山后找不到南，他们就爬一会儿，站在稍微突出一点的巨石上观察一下再继续，原本看着只有一百米的直线距离，结果爬完了一大座山，才发现又回到了早上出发的地方，地上插的竹子还都是新鲜的。两人几乎绝望了，背着背包实在是无力下山，干脆直接卧倒在一片竹子上，一直溜到了河边……

还有一次，老何刚爬上一个山头准备歇口气，一抬头，一只半人高的猫头鹰正瞪大了眼睛深情地看着他，惊得他一屁股坐到了地上。老何说，那一刻，他都想死。

至于这个山村老城里有多少山民遇到过黑熊、羚牛更是无法说清，村上一位村民出山采药被黑熊抓了一巴掌，至今还只剩下半边脸，甚至还有村民被羚牛冲进家里顶断了肋骨而死亡。当然也有例外。李琴英家的儿子在十二岁的时候跟父亲去山里收玉米，父亲在地里干活，孩子在河道玩耍，这时候，一对黑熊父子下山喝水，看到孩子就追过来，孩子脚下一滑跌倒了，黑熊的爪子伸到了孩子脸上，孩子情急之下喊爸爸，张永壮听到孩子呼唤，大声地吆喝起来，黑熊转身带着孩子走开了。

老何说，他还在秦岭梁保护站的时候，一天早晨去大路上晨跑，刚跑了不到二百米，晨雾弥漫中一只大黑熊立在路边。看到他，黑熊扭头就跑，不要看平常黑熊又高又壮，可跑起来速度不亚于运动员，非常灵活，山上的碎石随即滚落了一地。从此老何再也不去晨跑了。

有时候，不要看动物们很凶恶，其实他们才是弱势群体，人遇到动物还能想办法对付，动物遇到人有时候连命都没了。事实上，动物更害怕人，老何说。

记得三天前我来的时候，途经秦岭梁保护站。一位一手捏蒜一手端面的黝黑汉子告诉我，老县城下了这道梁就到。

"你一个人？"

"嗯。"

"那你慢点，这下去弯多又急，还是土路。"

在他满脸担忧的目送中我驾车下山。如他所说，确实考验技术。这会儿又听周站长和老何说起某急弯处数辆车一把方向没打过来就跃进了七八十米深的山沟，以及某次铺路施工，嫌山外的司机倒车太慢，车边站着的老司机一脸不耐烦地亲自操作，结果刹车都没来得及踩，就连人带车掉进了深沟里。如今，这些事故车辆依然沉睡谷底，无人清理。一瞬间，来时那股不明就里的骁勇消失殆尽，深感这丛林密布之下的玄妙神奇，深不可测。

满眼青翠的原始森林，以其丰茂的植被覆盖、庞大的动物种群，酝

老
城

酿了一个谁也无法探究清楚的秘密，让这些力图保护她的人穷其一生也无法抵达真相，让这份神秘永远保留在人心深处。

六、不识字的宋老师

这两天一直下雨，老城沉睡般孤寂，人也瞌睡多了起来。清晨，滴答的雨声里，一声雄浑的公鸡打鸣声将我唤醒，侧头细听，正北方向再次传来一声雄浑的打鸣声，尾音里没有关中平原公鸡们特有的尖细收尾，反而更加粗犷有力，一如动物世界里野狼的嚎叫声。心下纳闷，难不成这谁家的公鸡学会了狼嚎？

保护站对面是叶广芩的旧屋，平凹老师所题的"秦岭一叶"稚拙有趣，正好贴合了这山野自由的气息。旧屋东邻是一座低矮而破旧的老

李刚／摄影

120

屋，一只硕大无比的公鸡顶着血红的鸡冠昂首站在老屋前的柴堆上，傲然环顾四周，一派王者气象。正在暗自思忖清晨狼嚎般的打鸣声是不是出自于它时，屋里出来一位白发白须眯缝着眼睛的老人，笑眯眯地跟我打着招呼。

又一次去看了焚字楼、白云塔。回到保护站，说起那位白发白须的老者，周站长说，那是宋老汉，八十多岁了，耳聪目明，谁家娃娃大人有个头疼脑热的，宋老汉会巫术，几个指头撮起来，端一碗泗郎泉的水，口中念念有词，翘着兰花指向空中点洒几滴碗里的水，保准一会儿就好。

下午的时候天晴了，老城的天格外的蓝，水洗般的天空，棉花糖样的白云悠悠地漫过蔚蓝的天空。午睡起来，在如画般的天空下，泡一壶熟普，喝着茶仰头看云赶路，任由思绪飞过秦岭。茶过三泡，继续在老城闲逛，有人家在吃晚饭，敲着碗问一声来吃饭算是打过招呼。

刚走到宋老汉家门口，早上见过的那只王一般的公鸡依然站立在草垛上，率领着它的鸡妻寻食。见我过来，圆溜溜的黑眼珠机警地瞅了我几眼，随之脖子一梗，冲着西门方向打起鸣来，雄浑的气势一如清晨，尾音里透着野狼独有的嚎叫。我屏住气，变成了一只木鸡。

这鸡成精了。

听到鸡打鸣，宋老汉从门里缓缓地走了出来。

老何午饭的时候说宋老汉会唱山歌，但是想听山歌得叫宋老师，这样老头才开口。

递上一包事先准备好的烟，老何恭敬地喊了一声，宋老师，唱个山歌呗。

宋老汉乐得白胡子抖了抖，眼睛眯成了一条缝儿，有些不好意思地说，唱不好。接着，燃起一根烟，清了清嗓子，眯缝着眼睛略略沉吟了一下说，"我唱一个《毛主席的光芒》。伟大的领袖毛主席，亲手画蓝图，指出了共产主义光明路……""我再唱一个《大海航行靠舵手》"。宋老汉说。唱完，我们都使劲鼓掌叫好。还真别说，发音清楚，调值准确，宋老汉还真有一手。

再来个山歌小调子呗。一向稳重儒雅的周站长也兴奋起来。"那我唱一个《修洛阳桥》。"宋老汉用软糯的方言说道。

正月溜溜里呀，始月里溜溜修，状元那个要修洛阳溜儿桥。月亮溜儿圆，桥儿哪要修万丈溜溜高……八月溜溜里呀，始终溜溜修，王母那个娘娘抬下溜溜头。月亮溜儿圆，文武百官顺河溜儿走………

悠扬的曲调，软糯的唱词，厚畛子山歌小调特有的曲风在这雨后初晴之夜弥漫开来，我们沉浸在这味道浓郁的山歌里，心里泛起夜露般的潮湿。这首讲述了新任蔡状元要为家乡重修洛阳桥的传说故事，在这位饱经风霜和磨难的老人口中一点点明亮起来，纵然时代模糊，可那份回报家乡之情经由婉转的曲调演绎出来，让人回味无穷。

低矮的老房子里，昏黄的灯光，破旧不堪的被褥，长短不一的灰串子悬吊在常年烟熏火燎的房梁上，白发白须的宋老汉穿着露出破败棉絮的棉袄，端坐在老屋里，在歌声里走过了自己漫长艰难的一生，唱至动情处，老人眯缝的双眼陡然张大，满是光芒。在这歌声里，老房子华丽起来。

我们静静地聆听着，任由这曲调撩拨着心弦。

《表妹儿歌》描述了乡间青年男女的纯真爱情，大胆浓烈直白坦荡。

正月里闹元宵哎，表哥你听真情，小奴家未成人，表哥哎请你把心交别人；二月里是春分哎，表哥你听端详，奴家年少不登门，表哥哎请你嫖别人哎；三月里是清明哎，表妹妹听真情，为你得下相思病，得病到如今；四月里百花开哎，表妹妹听真切，我咋年想你到如今，得下个相思病；五月里是端阳哎，表哥你听真切，你骗奴家话不通，表哥没得好吃喝哎；六月里把麦割哎，表妹妹听端详，只要你心并不迁，表哥我心不在吃喝上哎；七月里热茫茫哎，表妹妹听端详哎，今晚的人多客又广，表哥我约你明晚上哎；八月秋风凉哎，表妹妹听端详，我手拿物件是大洋，表妹你拿去缝衣裳哎；九月是重阳哎，表哥听从头，只要二人常来往，莫把奴家丢……

　　须发皆白的宋老汉唱着这首情真意切朴实真挚的情歌，眼睛亮晶晶的，烟头明灭间，黝黑而布满皱纹的脸时明时暗。

　　屋外，月亮银盘一般悬挂在半空，清冷的光辉洒下一地碎银。这位不识字、终身未娶的宋老汉，在这月圆之夜，把酝酿了一辈子的爱情唱给了我们，也唱给了这月夜下的生灵。

　　回来的路上，那独特悠长的曲调依然回旋在脑海里。

　　我想起了昨天在湑水河里看到的奇特景象：一棵长在河道中央的白杨树，高大茂盛，树干直冲云霄，褐色树根被河水冲刷得裸露在外，达一人多高，盘枝错节的根系里塞满了大大小小的石头，而它巍然耸立着。河水给了错综无序的树根以巨大的冲击力，而树根却以巨石使自己保持了屹立不倒之姿。

李刚／摄影

124

七、李医生和王老大

老县城家家户户没有围墙，没有围墙的老房子散落在路边，坦然自在，路不拾遗。鸡在栅栏里踱步吃食，狗在房前屋后走走停停，成群的牛从春天草芽透出地皮开始就被撵到了山上，到了秋季找回来时一定是膘肥体壮。硕大的牛屁股后面跟着几个初生的小牛犊，用婴儿般的大眼一眼不眨地打量你，家家户户唯一锁住的是通往后院的栅栏门。那锁也是一根铁丝扭住了事，加上三座自由进出毫无遮拦的城门，这座老城处处不设防。

不设防的老城充满了社会主义的自由通透。

我在街上闲逛的时候，遇到了给嫁到西门外的女儿送韭菜的李医生。李医生家在东门外最边上，再往东，就会顺路一直走到袁家庄去。袁家庄就是那个知事任上颇有作为但却被土匪吓得背着大印四处逃窜的吴其昌最后索性搬迁县衙的所在地。

我在老县城吃的第一顿饭就是在李医生家。李医生本名叫李润清，是这个老城里唯一的医生，1970 年代毕业于陕西省卫校，没有修通公路的 2013 年以前，村里出生的孩子都是李医生接生的。今年 63 岁，个头不高却始终笑呵呵的李医生在告诉了我他的本名后，我跟他开玩笑说，这名字好，全是水，水就是财，一辈子不缺钱花吧？李医生哈哈笑起来，钱没多少，可也没吃多少苦。虽说山里地多，又广种薄收，可毕竟有这门手艺比一般山民强点。

李医生是地道的四川人，祖父辈上因家事矛盾落户老县城就再也没回去过，人老几辈靠着自己的双手和朴实勤劳在这里扎了根，如今的李医生平常耕种十几亩地，闲时给人看病、经营农家乐，加上儿子打工、女儿出嫁，光景也还过得不错。

在李医生家吃饭的时候，饭桌上还有一个总是笑嘻嘻的干瘦老人，颇为引人注目。李医生说，这是他的姑表哥王老大，有点憨，今年71岁，没结过婚。从三十年前住进李医生家之后就再也没离开过，和李医生一家生活了一辈子。李医生说，王老大的棺材都备下了，他负责给养老送终。

关于王老大的憨，李医生给我讲了两个故事。王老大有一个爆米花机，农闲时靠着打爆米花的手艺挣点零用，每年的农历二月初二王老大都会在老县城给山民们爆米花。王老大有个怪癖，崩坏了不要钱，还要拿自己的玉米重新崩，然后笑眯眯地递给你。一锅三块钱的收费让王老大在这一天格外忙碌，今年二月二，王老大给村民老冯打了一锅，一声闷响之后，没见爆米花出来，全是焦黑的玉米粒，王老大说锅漏气了得换配件，这锅不要钱。很快换好了配件的王老大用自己的玉米重新给老冯打了一锅。

王老大打爆米花一锅三块钱，给两块或者五块钱都不行。有一个村民想逗他，就给了他两块钱，王老大笑眯眯地瞪了那人一眼，说，你又不是我娃他舅。

王老大有时候也不憨。有一回，王老大端了碗面在堂屋里吃，村上的一个光棍汉来他家串门，有一句没一句的逗李医生的老婆说话，说姐姐你眼睛真大。坐在一旁一直默不作声的王老大听了这话，一碗面汤就泼了过去，说，大你娘的脚……

还有一回，王老大在打爆米花的时候，发现用来接爆米花的布筒子坏了，便找来一个竹篓子，让旁边看热闹的 70 多岁的老太太趴在竹篓子上，"嘭"的一声，米花爆开了，老太太也被震落在地上。听说了这件事的李医生嘟囔着"狗日的，蔫胆子大"，就连拉带拽把王老大拉回了家。

村民们再也没吃过爆米花。

王老大再也没出过门。

2017 年 6 月 3 日—6 日于老县城保护站叶广芩工作室

那扇栅栏铁门外

今天是女儿小学升初中考试的日子。这个日子，让我很是紧张了一阵子。虽然也知道，不必如此。

131

　　提前五十分钟到达学校门口。远远地，各色车辆和如我般紧张的家长们在这个凉爽的早晨格外抢眼，壮观的鼎沸着。女儿和结伴而来的同学一起随着人流拥进校园，进门的那一刻，不忘回过头给我一个温暖而自信的微笑。招招手，瘦弱的身影便在人群中若隐若现。

　　站在电动门外，目送着女儿，一刹那，有些心酸涌上心头：瘦弱、纯真的女儿要独自面对考验了。而这样的考验，从今天起，才是个开始。接下来的六年里，各种考试、排名，还有成长中的种种变化，女儿都要一一经历，而成长，有时候并不都是美好甜蜜，一想到这些，不免有些心疼。

　　恍惚间，想起了17年前的那扇老式栅栏铁门，紧锁的铁门外是一双苍老、焦虑的双眼，那是父亲的眼睛。那年我高考，上午的考试结束后，走出考场的第一眼看到的就是这样的眼神。尽管那年的七月溽热无比，而父亲却破天荒地出现在我高考的考场外。在此之前，父亲从来没有陪我考过一场试，甚至去西安的专业考试都是我只身前往——而此前我从来没有去过西安。灰色的的确良短袖，是父亲唯一一件外出的"礼服"，17年前的高考考场外，父亲就是穿着这样的短袖出现在我的视线里。手里一个白色的塑料袋里，装着当时刚上市的新鲜桃子。桃子是洗过的，洇湿在塑料袋内，透出阳光充足的红艳。父亲头上戴着一顶崭新的草帽，略显苍老的脸上透着关中农民操劳过度的疲惫，但那一刻，疲惫的脸上却满是希望。清晰地记得，当时人群中父亲干瘦的身影是那么的显眼，因为铁门外打扮得体的家长们无声地印证着父亲的农民身份。那一刻，感激、心酸一齐涌上心头，快速跑到父亲身边，只一句"给！吃个桃子"，父女俩便无声地踏上了回家的路。那一年，我如愿以偿，成了村里三年来第一个考走的学生。那年，我上高二。

多年后，一直在做一个相同的噩梦：梦中是严肃的高考考场，而我要么答不完卷子，要么把答案抄不到答题卡上。这样的梦伴随着我走过了踏上工作岗位的十几年。我知道，当年统招统分的高考，是如今大量扩招的高考所不能比的：一旦榜上有名就意味着一辈子的铁饭碗，是真正的鲤鱼跳"农门"。现在想来，或许是父亲不愿意他最看重的、唯一的女儿留在农村，才破例悄悄地去考场。或许是受了这样的鼓舞，才使我在接下来的考试中超常发挥，那年，我的语文考了 108 分，满分是120 分。

走上工作岗位，只要有一点点的小成绩，哪怕是获得了一个省上的三等奖，我都会告诉父亲。三十岁那年，第一次做制片人，欣喜万分地告诉父亲第一次节目的播出时间，父亲淡淡的一句"知道了"让我心里隐隐失落。数月后闲聊，无意中说起工作上的事情，父亲居然一口就说出了当时那期节目的内容，甚至点评了结构上的缺陷。

这么多年过去了，每每遇到当时认为过不去的事情，心里总会浮现

那扇栅栏铁门外

出父亲当年铁门外的眼神：期盼、紧张和满含希望。也正是那样的眼神伴随着我走过每一个坎坷，每一个失败。不论成败，我知道，父亲的眼神都会如影随形，就像一首歌里唱得那样，虽然不曾想起，却从没有忘记。而在我当了母亲，当我的孩子生平第一次考试的这个清晨，这样的眼神让我在品味数次后再一次想起。我知道，我也会和父亲一样，把这个眼神所富含的深意传递给我的孩子，鼓励她在自己的成长旅途中健康向上。

写下这段文字的时候，突然想起今天是父亲节，心里顿时涌出一个声音，祝父亲健康、平安。

2011 年 6 月

我要和你在一起

很久没有写写女儿了。这个一米四三的小姑娘虽然不常出现在我的文字里，却总是占据在我心里最柔软、最深情的地方。

只要想起她，甜蜜、温暖，这世上最美好的词汇尽可以给她，不论男女之情多么炽热，我敢说，只有与女儿的深情让我敢于忽略所谓的爱情。客厅里是给她准备的去朋友家小住的行李，而我思想的风筝却已飞回了那个人心惶惶的特殊时期。

2008 年 5 月 12 日，我们和汶川人民共同经历了地震的无奈和人类的惨剧，远离震中的我们和震中的同胞一样，时刻提防着余震的威胁。那个夜晚，政府组织了公安巡警逐个小区通知避震，霎时间，原本应该是万家灯火、安宁祥和的静夜，却因为天灾使得人声鼎沸，大街上破天荒地骚乱起来。一家家携老扶幼，带着铺盖和食物，甚至是穿上棉衣，加入到外出避震的人流中。

　　我也不例外。叫醒了睡眼蒙眬的女儿，带着凳子，拿着毛巾被，提着食物和水，和女儿慌慌张张地往小区外跑去。这时候，物业公司已经用每隔五分钟就停一次电的方式，对还滞留在家中的居民进行提醒。原本已经是到了小区外的马路上，忽然想起来应该拿两件棉衣，尽管初夏，可夜还是很凉。

　　女儿执意要和我同去，我劝说她和前楼的叔叔阿姨在一起，并许诺很快会回来，可她就是不肯。恰好前楼的邻居也要回家取东西，于是我们三人便一起朝小区走去。这不是平常的回家，每走一步，不可知的危险如黑暗中张大了嘴的怪兽，一不留神就会被吞没。平生第一次对回家有了不同的感受。

　　黑黢黢的小区，早已没有了温馨，高大的楼体这时候几乎成了潜在危险的代名词。到了楼下，我告诉孩子必须留在楼下，如果前楼的叔叔下楼比妈妈早，记得和他一起出小区，我会回来找他们。女儿点点头，我就上了楼。

　　可能是心理作用，到了家里，平常很熟悉的家似乎也因为紧张而变了位置，怎么也找不到衣服放在哪儿了。就在这时候，物业上也停了电进行反复的提醒。只好站在黑暗中一动不动，紧张，担心楼下的女儿，还有莫名的恐惧，让我不知所措。还好，没多久电来了。匆忙找了衣服跑下楼。一出楼道，一眼就看到女儿娇小的身影就在楼下不远处，黑暗中，那剪影般小小的身影显得那么弱小、无助。

我飞快地跑到女儿跟前，她紧紧地拉着我的手叫妈妈。我问她前楼的叔叔呢，她说叔叔走了，问她为什么不和叔叔一起走，女儿声音柔柔地说："妈妈，我要和你在一起。"一瞬间，我的眼泪夺眶而出，一股暖流满溢心间。

那一刻，尽管依旧是黑黢黢的影子一般的大楼，尽管危险依然无处不在，尽管脚下通往安全地带的路还很长，可我却不再恐惧。因为，我知道，我拥有最强有力的爱，尽管给予我爱的，是一个只有一米四三的娇小身躯，可这力量却足以让我此生无畏！

2008 年 10 月 12 日

我要和你在一起

淡淡玉米香

小城到了初夏时节总会有附近乡下的农人，骑着自行车用筐驮了煮熟的玉米沿街叫卖，这个季节里便四处飘散着玉米的清香。年幼的女儿每每这时总会央求我买一个给她吃。

照例是一个傍晚，带女儿出门，一声"玉米棒棒"的吆喝声吸引了女儿。我们迎了上去，是一个不过十一二岁的少年，黝黑的脸上透着乡下孩子的朴实。"阿姨，要几个?"那少年问。"两个。"女儿脆脆地代我回答。我接过玉米棒随口问："你几岁了?"少年回答："十一岁。""这么大就做生意了。"

少年看着我，稚气的小圆脸上显出很严肃的神情："我不是做生意，我是给上学攒学费。"我默然了，在心里感叹：穷人的孩子早当家。

拿了玉米棒，直到走了很远，女儿却还在一步一回头地看着已经远离的少年背影。

过了几天，玉米棒子的香味依然在小城街头飘过，依旧是散步的傍晚，又传来吆喝声。"要不要吃一个？"深知女儿喜好的我问。女儿看了卖玉米棒的少年一眼，摇摇头，可那双美丽的眼睛却在搜寻什么。我信步走着，女儿却东张西望，被我拉下好远。忽然，女儿快步追上来，边跑边焦急地说："妈妈，我要吃玉米棒子，快给我买。"我惊奇地问："不是刚才说不吃吗？""快嘛，妈妈，那边。"女儿湿湿的小手透着汗，急急地拉着我往不远处一个黑黑的角落里跑。我犹豫地跟着。到了跟前才发现，卖玉米棒的竟又是那天的少年！我看看女儿，女儿天真稚嫩的小脸上带着惊喜，兴奋地看着少年。我明白了女儿的用意。

刹那间，那玉米的香味儿一直飘进了我的心里。

享受教育的快乐

又是女儿放暑假的时候，和往年一样，征求了女儿的意见后，给她报了假期的儿童画和舞蹈班。看着她每天开心地上课，回来又高兴地练习，我知道这次的选择依然正确。

昨天和一位朋友聊天，她说很多孩子尤其是像我女儿这样面临小升初的孩子都在假期选择了奥数或者英语的辅导班，已经很少有人报艺术班了。我问她为什么，她说孩子压力大，要升初中就必须现在开始就努力，否则分数上不去，拿什么择校，我哑然。

现在的孩子压力太大。从幼儿园开始，蒙氏教育班，珠心算班，甚至到了孩子大班的时候已经有家庭作业了。小小年纪背上书包，小学六年，初中、高中六年，甚至大学，哪一个阶段不是孩子必须用刻苦努力交换来的，又有哪一个阶段在家长和老师的眼里不重要呢？和别的孩子一样，女儿从上小学的第一天起，除了寒假假期短，没有培训班可上以外，暑假和每个周六周日几乎都是在各种班里度过，所不同的是，她报的班几乎都是她本人的选择，而我则很少在报班上强迫她。现在她有空的时候会画画，和同龄的孩子跳皮筋，参加各类演出，在班上是小主持人和各类体操比赛的领操，还在绘画比赛中拿过奖。

朋友问我，为什么让孩子这么自由，我笑了，你小时候上过各种班吗？朋友摇摇头。那你现在快乐吗？朋友想了想，点点头。我问她，为什么？她说，因为没有条件，恰巧让我过了一个无拘无束的童年，而那时的轻松和自由是现在的孩子所体会不到的，也正是这样的自由让我拥有快乐的心态，这种心态一直影响到了我的成年。

我很赞同朋友的话。很多人对青少年时期没有记忆，而对童年的印象却终生铭记，有科学家认为，很多暴力犯罪都和童年所受的创伤有关。童年的快乐影响一生的幸福，而接受教育阶段，只是人生中很小的一部分，跟整个人的一生相比，拥有快乐的能力远比盲目的学习技艺重要得多。

记得我小时候，家里穷，不要说上各种班了，连学费都是我和弟弟利用假期捡破烂、给畜牧站割青草换来的。尽管没有现在这么丰富的物质条件，但那时的快乐让我现在都记忆犹新：放学后放羊，羊吃饱了回来的时候肯定是我骑在羊背上；村子中间的歪脖树，几乎就是我们备战偷果子的练习场；单位家属院里种的黄瓜，往往只需要我们牺牲午觉时间就顺理成章地成为我们的战利品；夏天时下河摸鱼，被河里的水蛭咬伤以至发高烧，可一旦好了，依然会满河道里疯；夏季下过雨的山坡上，除了遍地盛开的野花，黑而大的地软是我们最可口的凉菜，晒干了包包子，那美味到现在都是齿颊留香；秋天的嫩玉米掰下来用火烤了吃，虽然嘴角的证据总是让我们免不了父母的一顿狠打，可下一回依旧会乐此不疲；冬天下雪了，和小伙伴去地里寻找没有挖干净的红薯，那种寒冷而频频收获的感觉让我们总是格外开心……

那些在大自然里的快乐体验，现在的孩子有吗？

我时常会问朋友们，我们接受教育的目的是什么？有人说是为了生活更好，有人说是为了掌握更多的知识，还有人告诉我是为了升职更快，可我的理解是为了更快乐。教育的本质是消除盲目和无知，让我们面对未知时不恐惧，可以说教育给了我们自信和从容。而教育的过程也应该是愉快的。要是不快乐，那就要想想，为什么要不快乐的接受教育呢？不快乐的过程带来的结果哪怕完满，但一定依然是不快乐，这样也就失去了教育的本来意义。因此，不管你的孩子面对的是什么，但请一定记住，当他（她）面对你的时候，请记得你有责任让他（她）快乐，因为，童年不可复制，而童年决定一生。

2008 年 7 月

我陪女儿蹚大河

青春期是一条汹涌澎湃的大河，放眼望去，潮起潮落，暗香袅袅，暗礁隐隐，那些正值花季的孩子们就像小心翼翼的新水手，虽然略通水性，但如果缺乏正确的导航，一个浪头过来，很可能会人仰船翻，人生的航程从此改向。

为什么这么比喻青春期？青春期是每个孩子的必经之地，花儿一样的少男少女们正值心理、生理的双重发育，加之现在各种思想和信息扑面而来，孩子们难免受其影响而良莠难辨，用一个水手正在波涛汹涌的大河中航行来比喻此时的情形一点不为过。而在这条激流澎湃的大河中，最大的暗礁就是家长们普遍担心的早恋。

早恋这个话题存在了究竟多少年已无从考证，但是从普遍化和低龄化来看，家长们的担心不无道理，以至于越来越多的家长们从上初一开始，就会提心吊胆，生怕孩子们的人生之舟在这个暗礁前触礁搁浅。我想或许我的做法能够给处在这个特殊时期的家长们以启示。

发现 14 岁的女儿有点异常是在两个月前，她的作文小练笔里忧郁的文字、时时更新的微博里细腻的表述，以及偶尔的放学晚归等等迹象，让我知道我的女儿或许一脚已经蹚在了这条河里。我没有像别的家长一样，在发现这个问题的初期惊慌失措，而是保持了冷静。我什么都没说也没问，只是比以往花更多的心思陪她，也比以往任何时候都有耐心，甚至揣摩着买了她喜欢却没有说出来的衣服。这个时期，我想不光是女儿，也是我，正在经历一场考验，如果我输了，我会输掉我们十几年来的情感积累，从此"君住长江头，我住长江尾"，虽同在一个屋檐下，但心里已成路人甲。而对于女儿，如果引导失当，无疑是把她推向了更深的风口浪尖，让她独自在茫茫的大河中迷失，那我就成了罪魁祸首。但是，基于我们十几年来的良好沟通，我相信她会自己告诉我的。果不其然，在前天晚上例行的卧谈时，女儿跟我分享了她的秘密。

从女儿口中得知，那个男孩子是很优秀的，比她高一级，阳光的个性、挺拔的身姿、良好的教养，让女儿很是上心，说到兴奋处，女儿告诉我，"如果你去我们学校，哪个最帅哪个就是他，只是我们现在谁也没说破，大家只是比一般同学更近些的朋友，有淡淡的喜欢，但不会进一步发展。妈，你相信不相信我不会早恋?"我十分肯定地告诉她，"我相信你不会早恋，以你的智商和对事情的判断，这种事情不会发生在你身上。不过，听你的描述，你很喜欢这个男孩子，而且我相信我女儿的眼光一定不会错。不过，你们要是喜欢，也别着急相处，现在这样的状态不是挺好的吗？如果真的觉得相处愉快，可以一起定个目标，比如说考入同一所高中。高中的三年，在学习上相互照应，生活上相互帮助，多一个知心朋友也是很好的一件事啊。到时候，还可以考入同一个城市或者同一所大学读书，多浪漫啊！女儿，知道吗，这就是青梅竹马。不过，你也知道的，这里面还有个度的问题。"听到这里，女儿立刻接过话题说，"妈，你放心，我知道什么是度的问题，你去年都跟我讲过怎么跟异性相处和自我保护了。"我满意地点点头。

看着女儿在我臂弯里安心地睡去，我知道她不但倾吐了秘密，也放下了心理负担。这个年龄段本来就该是无忧无虑的，能让孩子把背负着的秘密讲出来，并得到合理的疏导，这本身就是一种减负。我长长地舒了一口气：我并没有看错女儿，她一贯的信任并没有因为有秘密而改变，相反，我给予她的认同也使我坚信她会有自己的选择。

今天晚上，女儿回来得有些晚，在我给她好朋友的妈妈打电话的时候她进了家门。女儿表情严肃地示意我不要说话，她有话要说。女儿告诉我，今天期中考试成绩出来了，虽然进步了，但不是她想要的，所以成绩出来的时候，她感觉很伤心，觉得对不起我，就和班上另一个平常很优秀的女孩一起在操场上待了一节课，因此没有上计算机课。放学后旷课的孩子都被老师留在了教室谈话，所以回来晚了。我一直在静静地听，虽然对女儿这样处理问题颇有微词，但我仍然保持了沉默。女儿又

145

告诉我，她觉得这事做得不对，没考好不应该顺着情绪去处理问题，结果导致一个窟窿还没补上，又造成了新的窟窿。至于没考理想，女儿也坦诚地分析了原因，并表示从今天开始要加倍努力，力争在期末的时候达到理想水平。在此期间，我除了顺着她的思路跟她做进一步的分析和点评外，没有多说一句批评她的话，从她的谈话中看得出来，她已经认识到了问题的症结所在。看来这节课旷得值。

晚上写完作业，女儿说，"妈，我已经想明白了，现在最重要的是学习，尽管他很好，我也喜欢他，可现在考虑这些毕竟太早，也不会有结果，我应该以学习为重，他也一样，如果把时间都荒废在这些事情上，我们将来都会一事无成。"尽管很震惊，也很欣喜，我仍然静静地听着。"所以，下午的这种情绪也让我一下子开窍了，瞬间把很多问题都想明白了。在这，我要感谢你，妈妈，给了我信任和理解，你的开明没有让我陷进去，而是让我最终学会了选择。我下午已经发短信告诉他了，还是退回到普通朋友的地步，好好学习，趁着我们还没有开始，就让这样的感觉埋在心里，这样对大家都没有伤害。所以，放学的时候，看着他在车棚等了我一个小时，看到我后一言不发地骑车走掉，我觉得还是心里酸酸的，不过，会过去的。""那如果明天见了怎么办？"女儿说，"见了很正常啊，点头一笑就行了。你想想，我有这么多朋友，还有暗恋我的男孩子，我每天都会在开心的状态下学习，多幸福啊！再说了，过早的沉溺在这样的感觉中，对朋友、对同学、对爱我的人都会视而不见，那多不公平，我想，不用为了一棵树而放弃整片森林吧?"

我由衷地笑了。其实每个孩子都有自己的主心骨，他们对感情、对学习都有自己的理解，反倒是我们这些一提"早恋"就如临大敌的家长们该补补课了，不要一提早恋就觉得是很龌龊不堪的事情，怀着美好和理解的心态信任孩子，孩子就会成长为自己生命之舟的船长，而如果一味对抗，就会把孩子推入万劫不复的深渊。我想这不是家长愿意看到的。

写下这段文字的时候，我知道，经历了今天，我冰雪聪明的女儿终于顺利地跨过了一个暗礁，尽管我知道，后面还有无数惊涛骇浪，但是她都会一路平安，直至抵达成功的彼岸。

2012 年 4 月 26 日

写给女儿的一封信

亲爱的娃娃：

写下这个称呼的时候，心里一阵暖意。不知从什么时候起，妈妈把你的手机号码存成了"娃娃澄"，在妈心里，你总还是个小娃娃，似乎还能嗅到你身上那股子婴儿的奶香。而这股记忆里的奶香，在昨晚，也似乎成了遥远的回忆。

昨晚，是你第一次登台的日子。妈妈一下午都在设计，如何不被你发现观看到你的主持。当妈妈"潜入"到会议室时，你的声音正好响起，于我陌生而又被准确击中。我下意识地找了找，想看看那是不是你发出的声音，这声音配合着长裙优雅的形象，一下子把我心里那个婴儿般的娃娃推回了记忆深处。惊讶、惊喜，还有点失落，我蓦地意识到，你是个大人了，这个"大人"，在我心里是和我有着联系的，可眼下似乎又不再有联系了。如果说，一直把你当孩子，当娃娃，就在那一瞬间，我分明听到了剥离的声音，你成了一个独立的人，要离我远去了。虽有不舍，但还是愿意含着眼泪目送。

上周天，开家长会，那封你写给我的信给了我很大的震撼，你在思考我们的相处，思考未来自己的打算，甚至已经做好了振翅高飞的准备。妈妈的心脏被你的思考而击中，泪眼蒙眬中，"懂事"二字蹦了出来。是的，你的这封信，准确地告诉我，我的女儿，长大了，懂事了，要飞了。甚至在这信里，你替我考虑了你高考离开后我的生活，那一句句叮嘱，那份不放心，仿佛我是孩子，而你是即将远行的母亲。我为你给予我的深情感动，眼眶发酸。那感动里，五味杂陈，有喜欢，有不舍，还有对过去艰难岁月里我们相依不舍的感激。是啊，与其说是我给了你生命，不如说是你给了我支撑，让我在艰难困苦里，只消看一眼你就会疲累全无。

你快 18 岁了，这近乎 18 年的光阴里，妈妈见证了你从初生婴儿成长为蹒跚学步的孩童，从牙牙学语到亭亭少女，从叛逆少年蜕变成懂事的大姑娘，18 年的岁月，时光改变了容颜，但是从未改变初心，就像哪怕是你我母女关系降到冰点，妈妈也始终相信那不是最本真的你。我们之间，无论经历什么，经历过什么，信任从未改变，即使是你面对妈妈撒着那些一眼就能识破的谎言，妈妈也从来都是信的。因为，没有什么比母女关系和孩子的尊严更重要。

如你所说，还有一年半的时间，你就要考走了，而这一年多的时间里，我们每周只有一天一夜的相处，这一天多里大多数时间你还要补瞌睡，弥补一周辛苦的学习生活中的睡眠不足，留给我们的只有几个小时，甚至几句话。每到周末，妈妈就变成了"问题妈妈"，一肚子的问题想要问问她亲爱的女儿，有没有穿暖，有没有吃得好，睡得怎么样，学习上有没有妈妈能够提供帮助的地方……可看看你的疲惫和时不时因压力而起的烦躁，这些问题，统统变成了无声的陪伴。妈妈知道你累，尤其是高一几乎没学，还要保持眼下的成绩就更累，想想这成绩背后的努力，妈妈就心疼。妈妈知道，你当初的坚持和所有人的反对，都是你目前努力的动力，这点，妈妈也为当初的不坚定而惭愧。我的女儿，终归是坚韧的，醒悟之后的选择，必然是不用扬鞭自奋蹄，这点，当初的妈妈不明白，可现在妈妈明白了，你是个有主见的孩子，这点我很欣赏。凡是认为正确的，就大胆的坚持吧，付出足够的努力，就会达到理想的彼岸。

送给你三句话，在你将要高飞之前。第一句：妈妈爱你，无论你是谁，只因你是我的女儿，任何时候，家门永远对你敞开；第二句：这个世界上，没有人有义务对你好，哪怕是你对他（她）好，也不要奢求回报，平常心对待，就不会烦恼；第三句：爱情不是全部，只是生活的一部分，除了爱情，你还要拥有喜欢的事业及兴趣爱好，这两点不但能开阔你的视野，还会为你的爱情增色。

最后要说的是，希望我女儿放心，妈妈很好。最好的时光，不是你侬我侬，而是岁月还在，你我安好。

　　写下这封信的时候，恰好是感恩节，也许是上天的提示，让我们感恩彼此过去的陪伴，感恩未来一起同行，有你，真好！

　　最后，祝亲爱的娃娃：身体健康，学习进步。

　　另注：妈妈最近的事情太多，头一回使用非手写体给女儿写信，见字如面就好。

爱你的妈妈

2015 年 11 月 26 日

写给女儿的一封信

妈妈的手

李雨澄

在我心中，那种修长、纤细的手是最最好看的手，那种手是为钢琴准备的手。仿佛看见那双手在黑白键盘上舞蹈、跳跃，好不唯美，而母亲就有那么一双手，那双我心中的手。

母亲的手修长纤细，又很白，没有茧，是一双弹钢琴的手。正是这双弹钢琴的手养育了我十四年。十四年的光阴，她的双手不知为我洗过多少次衣服，做过多少次饭，可她的手依然如故，而且总是香的，散发出淡淡的玫瑰芳香，是的，我喜欢她的手。

她时常为我做饭，还时不时换花样，我爱吃她做的饭。她炒的菜，色香味俱全，火候刚好；她切菜时，刀法很快，切出来的菜大小相同；炒菜时手腕灵活一动，再放入作料，不一会儿，那香喷喷的菜便出锅了。

她喜欢买些花花草草放在家里，空闲时浇浇水、施施肥。她尤其喜欢绿萝，有着绿油油的叶子，好养，放在水里或者土里都容易成活。我家有棵树，叫作"幸福树"，养在特大的花盆里，树干和大人的大腿差不多粗，叶子小小的。我为它还系上了紫色丝带，远远看着，就像树上开了花般。她喜欢这棵树，只因为它的名字"幸福"，她爱这个家，不管贫穷富裕，她都爱，我也爱她。

她很平淡，用一种花来形容就是百合花。她会生气，会开心，会忧郁，会烦恼，在表面上她是我的母亲，在私底下她是我的朋友。她不开心时会讲给我听，我会讲笑话给她听，于是，她便高兴起来了，像个孩子，我爱她，我的母亲。

那双手是我母亲的一部分，一个爱我的肢体罢了，更是我永远的记忆和爱，而她爱我的却是整颗心。

2011 年 9 月

题记：这是女儿一次期中考试的应试作文，这篇作文为她赢得了47 分的高分（满分 50 分），一跃成为年级作文第一。说实话，分数倒在其次，我所欢喜的是她文中所流露出的对友谊的珍惜，对成长的思考，看得出来，这个孩子是个有情有义的孩子，在这点上，我欣赏她。

珍惜所拥有的友谊

李雨澄

我们曾经那么默契，总是相互顾忌，直到有一天你开始妒忌，于是我们没有了以前的默契，于是终于看清了彼此，放下对方说对不起。你的背叛，我的心酸，那些悲伤的小回忆终于带给我了泪滴。

夏天的烦躁，让我们有些小火花，如今已是秋天，那么凉爽，可最终你烦了我，爆炸了的小宇宙终于到来，你甩开我，说了再见。那些可爱的小回忆，那些甜蜜的话语，都被这残忍的秋风带走了，于是天空也忍不住哭了，泪水一滴滴滑落。

你的离开留给我的只剩下空虚，沉重的呼吸。窗外的雨越下越大，急促的雨点敲打着院子里的梧桐树，泛黄的叶子在风雨中摇曳飘落。我缩在被窝里偷偷啜泣，生怕有人听到取笑我。想来想去，深呼吸，决定忘记你，但每每看到形影不离、说说笑笑的伙伴，我的心里总会一阵抽搐，低下头，落寞地离开。为了忘记你，我努力找到别的朋友，可她们身上似乎总少了你的某一点。最后决定迷失自己，做一个不笑不说话的木偶，因为心儿已经随你远去。

我们从小一起长大，我比你大四个月，但从小时候你就比我高，你让我叫你姐姐，我便也乖乖听话。我们要好的无法比拟，从小就睡一张床，连洗澡也要一起。我们穿同样的衣服，你的姨妈总会给我们梳同样的发型；你的妈妈和我的妈妈也是好朋友，就连买房子也要一上一下在一起。

记得在五年级的时候，放学后的我路过你家门口，赫然看见你和一群不三不四的小青年混在一起，你看见了我，竟老练的掐灭烟头和我打招呼，那些小青年在一边看笑话。我涨红了脸，头也不回地跑回了家，脑海里总是浮现你们在一起吸烟的样子，真是可怕。回家告诉了妈妈，她赶紧打电话告诉你妈，可是你妈妈终究没有管好你，于是你变成了不良少女，成天和问题青年混在一起，抽烟，喝酒，逃课，谈恋爱，真的不像你，你的干净的眸子也不复存在。你疏远了我，只因不想让我也变成如此，于是，你走了，没有了音讯。

有一天，没有任何征兆的，你从远方回来，低着头，长长的刘海遮住了你的眼睛，投下的阴影让我看不见你脸上的表情。终于你开口说话，你说还是忘不了一起长大的友谊，我轻轻抚着你的肩，说回来就好。可是经过这一次，我们似乎蜕变成了有思想的少女，仿佛总有什么顾虑，有些小秘密也不再相互诉说。唉，淡了，一切都淡了，回不到那时的甜蜜与默契。虽然依旧一起上学放学，一起玩耍一起学习，一起谈天说地，而这段记忆，我们都默契地不再提起。或许这就是成长之痛吧，或许我们都在渴望能够回到过去，去享受属于我们的美好情感，或许我们都在努力期待吧！

珍惜所拥有的友谊，不要到雨开始下，花开始凋谢的时候，才后悔没有好好珍惜。

2011 年 11 月

写给女儿的一封信

父母在，不远游

　　知道要出差的消息，就已经愁绪满心头，莫名的伤感和对陌生旅地的向往，复杂地沉淀在心间，一时间，不知道自己是想去还是不想去。

　　其实，去东北是我一直以来的梦想。那爽快、粗犷的东北方言，豪爽的黑土地一样的性格，还有滋味悠长的二人转以及大拉皮、棒子骨、火辣辣的玉米烧让我甚是向往。

　　可尽管这样，还是从接到通知的那一刻心里很是郁闷。默默地安排孩子，收拾东西，还特意跑回家和妈妈睡了一晚。不像是出差，倒像是上战场。

　　于我，不是怕出门的人，相反，却是非常崇尚"读万卷书，行万里路"。书不敢说读过万卷，但坚持阅读已成为我从毕业到现在雷打不动的习惯，而远行，除了满足阅历的需要，更多的是不断让自己的心态归零，让满溢心间的某种固定思维及时清空，只有这样，才不至于陈腐，不至于沉浸在小我里无法自拔。看着地图上熟悉的地名和那些地方留给我特色迥异的感受，总是会想起当时是如何的一念缘起而转瞬到达。而踏在陌生土地上的新鲜和不可知总是让我精神百倍。因为我知道，每一次的远行总是让我在回归后重新看待自己、审视自己，甚至让自己的内心可以重新来过。而这，正是我青睐行走的最主要原因。只是这一次，尽管内心里告诉自己，东北的梦想即将实现，回来后我将重新面对自己和自己的内心，可心底里还是有些郁闷，神思恍惚。以至于早晨给孩子准备午饭的时候，手指被刀刃割划了一个大口子。

当殷红的鲜血从手指冒出来的时候，一下子，我明白了，是什么让我对自己所热爱的行程充满离情别绪。汩汩冒出来的鲜血，让两个创可贴泅在血泊里，我禁不住怀念起父亲常用的那瓶小小的、深褐色瓶身的云南白药。小时候，无数次划破的手指总会在父亲敷药的时候得到安慰。想起父亲，一下子，心底的结似乎打开了。

经历了这么多的坎坎坷坷，看惯了尘世间的尔虞我诈甚至虚伪欺骗，似乎越来越依赖那个叫亲情的东西。不管身处何方，不论风光还是情绪低落，心底最牵挂的却是父母最点滴的询问，没有久久斟酌的语句，却只是一句"出门在外，吃饱就行"。没有临别依依不舍地挥手，甚至没有身后的送别，却叫我依然明白了那双牵挂的双眸——历经风雨，两鬓霜花，早已视线模糊的双亲。虽没有登机或发车前的执手相看泪眼，但我却早已无语凝噎。

经常回忆起只身北京的那段时光，艰难却希望满怀，只因了父亲一句"不想待了就回来"。我知道，不论我能否衣锦还乡，哪怕是两手空空，迎接我的，依然是父母的暖怀。

父母在，不远游。时值今天，经历了颠簸和动荡，才深切地体味到这句话的深情。不论是酷爱行走，还是公事缠身，结束了这一程，就不再远行。

2008 年 10 月 12 日

寒冬里的温暖

昨天去了宝鸡眉县横渠镇万家塬村。之所以在这么冷的天气里选择这个海拔 870 米、气候有些偏冷的村子，是因为一个叫达战锁的村民，确切地说他是个特殊的村民。

达战锁是万家塬村果品协会的会长，他这个会长是村民们选出来的，既不是处级也不是科级，应该是没有级别。可就是这个什么级别也没有的达战锁，却是个热心人，热心到从协会成立联系技术人员给村民们讲种植技术都是自费，靠的只是热情。

我们摄制组能到他们村，还得从一个电话说起。一个月前，达战锁给我们栏目打来电话，说是他们村和周边的村子共种植了一万多亩的红提葡萄，效益还不错，就是技术跟不上，尤其是葡萄的冻害和冷害防治，让种植户吃了不少苦头，甚至还有村民因为管理不善而挖掉了葡萄树。不仅如此，达战锁还委托我们和省气象台联系，看今年冬季是什么

159

样的气候类型，以便采取措施。给气象台打了一二十个电话，才了解到今年的天气特点，告诉了他之后，他提出让我们带专家去实地看看，给指导指导。联系了杂果专家吕平会和防冻专家武兴战，冒着初冬的寒气，我们来到了这里。

还没有进村子，大老远就看到红色气拱门上"欢迎陕西农林卫视来我村指导"的大红横幅以及彩球悬挂的欢迎对联，只记得一句"媒体搭桥走上富裕路"。照例是现场讲课，随后是去地里查看栽培管理情况，并根据种植户的提问现场操作、现场解答。

马上就要进入数九的陈仓大地，寒风呼呼地从脖子里灌进去，羽绒服也仿佛失去了保暖功能。尤其是在塬上，风头更硬，种植户们围着围巾，戴着帽子头巾，穿着老棉袄，尽管一个个脸蛋、鼻子冻得通红，可硬是把专家里三层外三层围了个水泄不通。静静的田野里，回荡着专家特有的洪亮的讲课声……

三个多小时的讲课，两位专家和近百名群众一直站在地里，没有人要求喝水，没有人中途离开，有的只是一张张风雨侵蚀的面孔和渴望的眼神。风依然很硬，可人群中的热情让风似乎失去了威力，这一刻，没有人喊冷，甚至感觉不到冷。讲完的时候，群众还不愿意离开，要求我们明年至少来他们村子两次给他们讲课，并纷纷向摄制组人员要名片。因为只有我一个人带了名片，刚拿出来还没来得及发，大家就一拥而上给抢了去。

午饭是在达战锁家里吃的。这时候我才有机会打量这个中年汉子：黝黑的皮肤，是亿万农村群众中再普通不过的肤色，不大的眼睛却满是执着和刚毅。尽管吃的是西府待客的臊子面，却是用托盘每四碗一盘端上来的，不管我们怎么谦让，达战锁执意不肯和我们一起吃饭，只是进进出出地端面，等我们吃过了，他才端着个大碗坐在旁边的小板凳上吃。这时候，有村民打电话，隔着不太隔音的电话声，我听出来是本村的村民由于错过了中午的讲课，特意打电话问我们走了没有，能不能给他们没赶上听课的种植户专门讲讲冬季葡萄的修剪。听了这话，我赶紧示意达战锁可以答应下来。随后，休息了十分钟，我们又赶到这位种植户的地里，专门为等在那里的群众讲了一个多小时的葡萄修剪。

在这户种植户的地头，放了一暖瓶水，还有几个颜色发旧却很干净的杯子。尽管大家都忙着录现场，没有人有空去喝水，可我相信，每个人心里都是暖融融的。

讲完了修剪，达战锁执意带我们参观他们的万亩红提基地。崎岖的半山路，达战锁的摩托远比我们的四轮面包车快多了，一路望过去，到处是葡萄架。尽管是冬季，却并不妨碍这些植物干枯的热情：一根根深褐色的藤条无言地伸展着，仿佛上午地头那一个个果农舞动的身姿。我知道，这些光秃秃的枝条承载了太多的希望。于是，心里默默地想，无论再忙，明年也要来。

临别时，达战锁因为没有"抢"到名片，特意让我和摄像小杨给他留下电话，并一再邀请我们明年一定来给他们做指导。

回来的路上，尽管满脸的尘土和疲惫，可心里是兴奋的。作为农业记者，面对的不是黝黑的皮肤就是黄土地，是什么让我们在接了他们的电话后义无反顾、不计报酬？是什么使我们不论夏季炎热、冬季严寒一次次来到田间地头？我想，除了作为记者的最基本良知与责任，还有就是那些信任、那些温暖过我们的细节，那一张张酷似父辈们的、历经了风雨却真诚的脸。我们只有勇敢承担，才敢言坦然。

2008 年 12 月 19 日

追梦让青春永恒

　　每个人都有梦想，梦想不因职业性别不同而有高下尊卑之分。梦想伴随着每一个人走过幼年，漫步成年，并在追逐梦想中不断成熟、完善。已近不惑，回想自己仍然奔跑在曾经年少的梦想之路上，并在这条路上永远向前，心里便由衷地感到幸福、踏实。

　　小的时候，一看到家里那台唯一的 17 英寸黑白电视里出现模糊的播音员的身影，就羡慕不已，幻想着自己也能够和他们一样，有一天能"钻"进电视里，出现在家人面前。为了一探究竟，11 岁的我还一度拔下电源插头，寻找电视机里的人是怎么进去的。当我用螺丝刀在插板孔里寻找答案时，触电的感觉让我明白，没有人能"钻"进去。六年后，当我站在全省第一届播音专业招生考试面试考场上时，当我把这个少年时期的幼稚举动阐述给满头银发的考官时，我从他们鼓励的眼神里看到了梦想之门里微弱的灯光。那年，我 17 岁，还是一个高二学生，那点

163

如豆的荧光，让我鼓足勇气参加了当年的高考并如愿以偿……

忘不了那个呵气成冰的清晨，当我发出第一声"啊"时的开嗓音；忘不了练功房里形体训练劈叉时钻心的疼；忘不了初次出镜时的紧张和尴尬；忘不了第一次采访省上领导时的青涩和勇敢；更忘不了多少次为了达到出镜完美的效果，一遍遍在镜子前对表情、练口型——台上一分钟，台下十年功。付出了辛勤的汗水，就会有满满的收获。当一遍遍的预演、失败、青涩和紧张伴随着我一路走来时，我发现，面对镜头，我不再紧张；手持话筒，无论身边有多少人围观，也能如入无人之境；而挑灯夜战时，指尖下的文字不再艰难。十几年来，我收获的不仅仅是专业知识和技能的进步，更是内心的丰富和阅历的增加，而在这时候，我越来越不满足，不满足自己专业能力的单一。就在此时，一件事彻底改变了我的想法。2001 年农高会前夕，台湾英业达集团总裁温世仁来杨凌考察，作为熟悉杨凌情况的记者我荣幸地担任了温总裁面向欧美市场所推出的专题片的出镜主持人，一向自恃对杨凌情况了解，接到任务后，仅仅只是做了服装和妆容方面的准备。第二天，温总裁一行抵达杨凌后，我们便开始工作，所有安排的项目和介绍都进行得很顺利。在克隆羊基地，温总裁除了问一些常规问题外，突然增加了一个青青是第几代克隆羊、和母代是什么关系等几个问题。由于提纲里没有这个问题，我也没有在这方面做过多的准备，因此，当这个不算高深的问题提出后，我一下子怔住了……

这件事，在我当播音员和做记者的生涯中从来没有被忘记过，从那开始，不论题材大小、事件大小，也不论是会议报道，还是现场突发事件，哪怕是开会前片刻小憩的时间，我都会通过向别人请教、翻阅资料等方式来增加对事件的了解，尽可能多地掌握相关知识，不让这样的失误再次出现。

而随着时间的推移，遣词造句、谋篇布局的无力感让我越来越对自己是否具有这份职业天分感到质疑。我发现，我急需充电，急需提升自己的文学素养。在放下书本三五年后，我又重新拾起了书本。利用业余时间大量阅读各类题材、各类风格、不同作家的著作，每年以 15 本以上的读书量来充实自己的文字功底。这些业余时间的有效积累，给我带来了丰富的回报：不仅仅在新闻业务上得心应手，数篇报道在中省媒体发表，一些采访作品屡次获奖，而且我利用业余时间创作的散文作品也陆续在国内杂志发表。而我也因为业务过硬，屡次荣获示范区先进个人、"三八"红旗手等荣誉称号。

人生是一场旅行，有了梦想之花的点缀，这场旅行注定不会孤独。在这条追梦的路途中，走过坦途，也越过荆棘，历经坎坷，也收获颇多。虽然屡经挫败，也曾留有遗憾，可我依然信心满怀，用激情、奋斗和大步前行，将梦想进行到底，让青春之姿永恒！

电　话

　　接到这个陌生电话，是在一个傍晚。天蒙蒙黑的时候，我正在厨房做饭。来电显示，是一个陌生号码，犹豫片刻，还是接了起来。电话那头是一个陌生的声音，从来没有听过的声音。他说八年前他生活在我所在的城市，现在他身处他乡，让我帮他找一个人，却反复告诉我不要问为什么，也不要问他是谁，而且坚决地哀求我，让我一定帮他。并且告诉我不要联系他，也不要给他这个号码回电话，他会和我联系，说着就挂了电话。

　　我是一头雾水，不过可以肯定我不认识这个人，但他的哀求和坚决让我还是在犹豫之后给他要找的那个人的户籍所在地派出所所长打了电话。第二天，又一个陌生的号码打过来，还是他，还是那么吞吞吐吐，仿佛有着难言之隐，却试图向我解释，然而却总是说不清。下了决心似的告诉我，算了，还是不告诉我了。我知道他心里一定有着不为人知或

不愿人知的事情，只是在这次稍长时间的通话中，我听得出来他是一个二十多岁的孩子，透着稚气和单纯，甚至还有一丝的胆怯。晚上的时候，另外一个陌生号码给我发来信息，我知道依然是他。他客气的告诉我不用麻烦找那个人了，说了谢谢，并意外地祝我女儿快乐，甚至还说对了孩子的名字。

我不但惊讶还很好奇，我不知道这个一直变换着电话跟我联系的陌生人到底是谁，遇到了什么样难以启齿的事情，他又是怎么知道我的电话，甚至是怎么知道我女儿的名字，他反复想让我帮却又不愿让我知道的事情又是什么……

这个神秘的电话和电话那头那个神秘却年轻的声音，让我开始留意起来，我隐隐预感到这件事情背后的不寻常，尤其是他曾说过你我是两个世界的人这样的话，更让我对他充满了担心。虽然我和他素不相识，但他的信任让我感到我的责任。

两天之后的傍晚时分，电话又响了起来，我知道一定是他，因为还是一个我从没有见过的号码。果然，陌生而年轻的声音响起，所不同的是这次是急切而下定决心似的，因为电话接通的那一刻，听得出来他深深的呼吸声。他叫我姐，"我还是和盘托出吧，不管你有多疑惑，我都告诉你事情的来龙去脉。"他急得一口气说出来，没有了前几次的吞吞吐吐和犹豫。

"我托你找的人，是我以前的朋友，我们是很好的朋友。我从 15 岁就认识他，只是现在我身陷某种困境联系不到他了。他在八年前和我的女朋友结了婚，可前几天，偶尔的一个机会我听别人说他对我的女朋友并不好，打她，她差点被逼跳楼。"

"你不知道，2000年底的时候，我犯了一个影响我一生的错误，也是这个错误使我不但娶不了她还让自己身陷困境，现在我很后悔。"在他停顿的当口，我几乎一下子明白了和我通话的这个人是一个什么样的身份了。"你现在在监狱"，我脱口而出。他顿了一下，说，"是，我不敢告诉你，怕连累你，更怕你瞧不起我，我很自卑。""孩子，不管你是什么身份，你我一样平等，如果相信我是你的大姐，你不妨把你的事情说出来，我或许可以帮你。"这一次，他几乎一口气讲完了他的故事，听得出来他的信任和放心：

> 我是2001年因为案子进来的，那年我21岁。那时候我有一个女朋友，在我这个事情出来以后，她几乎豁出去了救我，所以我欠她一份情。她现在的老公也就是我托你找的这个人，是我一个很铁的哥儿们。认识他的时候我15岁，他24岁，他没有父母，家里很穷，我们就经常在一起玩。因为没有人管，可以玩得无拘无束，可你不知道他是几进监狱的，我的事情可能还是受了他的影响。后来我出了事，所以他和我女朋友结了婚。现在当我知道他对我女朋友不好，我很焦急，甚至已经三

天没有睡觉了，我发疯似的想托人打听他的电话，想告诉他让他对她好点。可我毕竟已经脱离社会这么多年了，谁也联系不上，我就想到了你，很多年前我看过你的节目，我相信你会帮我，于是我通过114查询到你们单位的电话，然后找到了你，希望你帮我找那个人。

说到这儿，他的语气已经不是起初那么沉重和焦灼了，甚至还有一种卸下负累的轻松。我明白，他不但需要理解，也需要知道该怎么做，他已经为八年前的过失付出了应有的代价，更何况他的年轻让我心痛。想了想，我说，"孩子，请允许我这么称呼你，尽管我可能大不了你几岁。你现在的现状和你年轻时的交友不慎有很大关系，因此这对你都将是终生的教训。等你有机会出来的时候，一定要明白这一点，一定要和正直的人交往。对你要我帮你的这件事情，我还是希望你到此为止。你女朋友现在已经是别人的妻子，不管你是多么的爱她，她又是多么的不幸，你都无能为力，即使你找到这个朋友的电话，也一样的无能为力，你能以什么样的身份帮她呢？或许由于你们之前的这种恋人关系，你的出现反而会使事情更糟。八年前，她能选择和你朋友结婚，而且过了八年，即使有矛盾也是他们夫妻之间的事情，你我都帮不了。""那我将来出去了能帮她吗？"一直沉默的他这时焦急地问。"如果她在你出狱的时候已经和你的朋友没有法律上的这层关系了，她也能接受你，你当然能帮她。"他似乎长长出了一口气，问，"那你能帮我女朋友吗?"
"我不能。因为首先我不认识他们，其次是我能帮他们什么呢? 他们至
少还有家人和朋友，我一个陌生人怎么可能介入他们的家事呢?"之所
以回绝，是因为我清楚，八年时间可以改变世界的进程，更何况一个
人? 而且知道得越多可能越不利于他的安心改造。"那我现在能做什
么?""你所能做的，就是安心改造，认识到自己的错误，你还年轻，
争取宽大处理，早日回到正常的生活轨道上。尽管这段历史是你人生中
的一个污点，甚至无法抹去，可是只要你付出足够的努力，好好生活，
好好做人，争取让社会重新接纳你，你一定会重新站立起来的，相信
我，孩子。"电话那头是良久的沉默。我不知道他此刻在想些什么，可
我知道他一定是在沉思自己以及自己的将来。"大姐，谢谢您!"这一
次，他用了您这个称呼，这是他几次打电话来第一次使用这个字眼，听
得出来他的感激和激动。"大姐，等我出去了，我一定要当面谢谢您，
我会记住您说的话，好好的静下心来，安心改造，对他们的事情我也想
过，确实也帮不上忙，还不如不去想。您放心，我会听您的话的。"他
的情绪几乎感染了我，那种格外轻松的感觉让我知道这个孩子还有希
望。"大姐，我以后要是有事可以给您打电话吗?""当然可以，既然你
叫我大姐，我希望你能真正地把我当成大姐，如果需要帮助就给我打电
话，我可以给你出主意。"电话那头却是意外的沉默。良久，他声音低
沉地说，"我们家人在我出事以后就全家搬往南方了，一辈子都不会再

回来了。我知道他们因为我受了不少苦，可我会努力的，一定不会让他们白受苦的。""这就好！和那个女孩子相比，家人为你承受的可能更多，要是你在想着那个女孩子的同时，多想想父母，你就不会这么焦躁不安了。他们的事情让他们去处理吧，你帮不了他们，他们更帮不了你，所以目前不管你是多么的放心不下，你都得学会放下，只有安心改造，你才能有机会重新回到社会上来，才能有机会改正自己所犯的错误。今晚就安心睡觉，我相信你一定会听大姐的话的！""谢谢您！"

挂了电话，这场通话长达 31 分 46 秒的长途电话揭开了几天来我心里的谜，至于他是如何知道我女儿的名字甚至能准确地说出我的年龄都已不再重要，重要的是，在一个遥远而与社会隔绝的地方，一颗年轻而迷途的心可以暂时抛开迷惑和不安，看到未来些许的希望，尽管他曾错过，甚至在那一刻失去过理智，可他从来没有失去过善良，而善良是一个人最应该具有的底蕴。

我希望若干年后我能亲自收到他的当面道谢，我想一定会的。

2010 年 6 月

八点开会

当了这么多年记者，发现了一个规律：但凡提供线索的单位总会在通知记者时把会议时间提前半小时，而且还煞有介事地叮嘱：八点准时开始。

且不论参会的头头脑脑是否能在八点之前赶往会场，单就记者来说，八点开会就像战场上的士兵听到冲锋号一样，那是无论如何也得赶到的。由于电视台和所有事业单位一样八点上班，这就意味着参会记者必须赶在别人上班之前领好机器，至少提前十分钟到达会场，然后调试设备，做好会前准备工作。但是记者又往往不管设备，所以，管设备的人也必须赶在记者之前到达会场，如此一来，就不单单是记者提前到岗了。如果说会议真如举办方所说八点准时开始的话，那么记者也算是不辱使命。但是，事实往往是，记者大清早在别人享受新鲜空气和可口的早点时，为了不延误报道任务而一路赶车到单位取了设备，且不论春夏秋冬都是一头大汗再赶往会场，却被告知是八点半开会。那么，这种因敬业精神而产生的自豪感会在瞬间消失殆尽，而且心里会多少有些气愤：难道记者的时间就不是时间吗？

我所在的城市是个弹丸之地，不大也不小，却是各路媒体捕捉线索的好地方，换句话说，是个出新闻的地方。大到央视及海外媒体，小至地市县区媒体，各家有事，准保会来一车记者，时间长了，和各方同行也混了个脸熟。

有次参加一个新产品的发布会，头一天我和我的搭档就接到通知，明早十点在某某酒店的某某会议室有个发布会，勿误！还好是十点，能从容一些。九点半的时候，我和我的搭档就赶到了会场，见工作人员正在往桌子上摆放鲜花，根据人数摆放椅子。十点了，工作人员还在忙碌，丝毫没有赶时间的意思。我们终于忍不住了，就问身边的工作人员，不是十点的会吗？答曰："谁说的？明明是十一点的发布会啊！"晕！居然提前通知一个小时，而我们更是早到了一个半小时！

既然来了，再气愤你也得等啊，谁让你离开了这些个线索就没活干呢？挨到了十点十分，看到省台一同行提着机子进来了，"你们真是敬业，来这么早？""没办法，怕误事啊，你们怎么也来这么早，不是十一点的事吗？""啊，十一点啊！不是通知的十点半吗？有没有搞错？"

看来，举办方是忽悠成自然了。

2010 年 9 月

辛苦与心累

很久没有打开过单位存放摄像机的柜子了。今天早上，有一块电池不知去向，打开柜子寻找，眼睛还没有看到电池，而鼻子里已经是浓浓的汗味了，在这个初秋的早晨显得格外浓重。找到电池，回到座位上，心里沉沉的。

记者这个职业可能是世界上为数不多既要出体力又要费脑力的工种了。前几年，不知哪家机构出台了一个世界上最危险的十大职业排行榜，记者这个行业的危险性仅次于煤矿工人。和平年代，危险系数已经不大，而累却依然。就拿这个柜子来说，半年前单位搬家的时候，刚刚彻底清理过，而仅仅过了一个夏季，这些铁打的家伙们居然散发出浓浓的汗味，可见藏于内的摄像机被主人扛着在整日的奔波中付出了多少汗水。而每部机器在回到柜子里休息前，都有人让它们的容貌恢复到从柜子里取出时的模样，因此这些挥之不去的汗味让我一下子深深地体会到了每天和我一起相处的同事们的那份辛苦。

记者的累，身累，心更累。身体的累，一如柜子里的机器，能让那些铁质的家伙们发出浓浓的、积郁已久的汗味，那得多少人轮番上阵加上汗如雨下才能做得到，体力上的辛苦可见一斑；而心累，才是最根本的累，领导的次序不能错，职务提法更不能错，被曝光单位的错误点得找准，找不准也是问题，只要你身为记者，头脑里没有"政治"和"大局"这根弦，那是万万不行的。

前几天曝光了一个超市，原因是消防设施不过关。结果片子发了没两天，所有的主要领导都知道了这件事，可消防设施十天前验收的时候还是合格的，而且签发了有关手续，怎么仅仅十天就成了不合格？坐在领导的办公室里，真正体会到了什么是如坐针毡，汗颜！用"刀尖上起舞"来形容监督类报道真是再贴切不过了，这件事让我的记者生涯头一次体会到什么是社会，什么是谨慎。

可就是这样的行当，比起那些"白骨精"（白领、骨干、精英）来，收入目前至少不是人人都羡慕的。那么，因为什么让我身边的同事们有增无减？为天地立心，为万民立命，立的就是"责任"二字。哪怕风吹雨淋，哪怕挨打挨骂，哪怕受累被委屈，只要能记录下这个社会的变化，群众的疾苦，反映时代的主旋律，这点累又算得了什么呢?!

2010 年 8 月

请不要替我关门

昨天去拜访书省老师，临上车的时候，我特意替他拉开车门，并坚持要帮他把门关上。书省老师坚持不肯，非要自己关车门，坚持再三，我只好放弃。车上，书省老师说，"自己关车门是我多年养成的习惯，原来在工作单位的时候，有一次坐车，司机非要给我关，我就重新打开，自己关了一次，这么多年我一直都是自己关车门。都是现在的社会风气闹的，我就不相信连个车门自己都关不上了！"

短短几句话，书省老师的质朴、亲力亲为和对当下有些人将特权武装到牙齿的不屑让我颇为震撼。给书省老师关门，源自于这么多年对他人品和学识的敬仰，希望用关车门这样的行动体现这份敬仰。在新闻界，提起书省老师是无人不知：从陕西电视台新闻中心主任，到主管新闻的第一副台长，还被几所大学争聘为客座教授去讲新闻，培养和指导了一大批新闻从业者，我就是其中受益者之一。而在文化界，书省老师多年来笔耕不辍，文如其人，清隽、犀利，引导了一批又一批的文学青年走上创作之路。

在我从事新闻工作的这十多年里，少不了要给省台送片子。可十年前，给省台送片子不像现在这么方便：光纤接入，只要这边播放，那边接收就可以了。当时得拿着文字稿件和磁带坐着长途车送到省台。那时候，我负责送片，现在想想确实辛苦：一路长途，下车还得倒公共汽车再到省台，找时任新闻中心主任的书省老师签改，完了再带着签好的稿件去机房倒录片子。一趟下来，少则三四小时，要是不顺利，几乎就得一天时间。记得有一年的夏天特别热，坐了两小时的车，我几乎中暑晕倒。找到书省老师的时候，我已经面色苍白。站在他办公室门口，只见里面围坐了一圈人正在说话，看到我手里拿着稿件和磁带，书省老师从桌上拿起一支笔，并弯腰接了杯水，走出来，把水递给我，接过稿子，趴在窄窄的窗台上就地帮我修改起来，末了又从办公室拿来稿纸，嘱咐我誊写清楚，交给编辑。转身之际，书省老师似乎想起来什么似的，问我一句"你是哪个台的"，我如实回答。从那以后，每个季度我几乎都会收到印有陕西电视台字样的邮包。在拆开这些邮包的时候，我都会小心翼翼地用剪刀尽量剪整齐，生怕破坏了书省老师亲笔签写的收件人地址等信息。而这些凝聚着书省老师对年轻记者厚望的《陕西声屏》《电视研究》等专业杂志丰富了我的新闻知识，让我的专业水平突飞猛进。每有新书出版，书省老师都会托人送我一本落有署名、飘着油墨香的书。《紫丁香》《新闻：规行矩步与随"新"所欲》等书籍我一定会从头到尾细细品读，小心揣摩，字里行间满是书省老师对社会、对人生、对新闻工作的真知灼见，那份责任、热爱和执着跃然纸上。

2003 年，我的一件电视作品参加了陕西广播电视奖的评奖，经过评委会的层层评选，那件作品最终获得了陕西广播电视消息类二等奖。时隔不久，我收到的《电视研究》中，书省老师作为评委会中的一员，在对那年参评的作品进行整体点评的文章中，我那件作品的优缺点明晰地呈现出来，虽是寥寥数语，却让我一下子顿悟这类题材该如何把握。

知识分子是社会的脊梁。书省老师用自己的言谈举止影响着一批又一批热爱新闻、喜好文字的年轻人，而给这样的大家打开车门，于我是一份荣幸，尽管最终没有替他关上，却是我的另一份收获。

新年一定快乐

从小时候起，我就和其他孩子不一样，不喜欢过年。总觉得这一年到头的热闹，带着遮掩的气息：遮掩了一年的辛苦、委屈、泪水以及太多对世事的无奈。甚至觉得，热闹是他们的，我什么也没有。这种与热闹始终保持着距离的想法，伴随着我走过了长长的童年、少年和青年，以至于直至今日，我还游离在一切热闹的事物之外，使我成为一个看起来外向实则内向，和这个世界永远保持着适度距离的人。

记不清这已经是第几十个落寞的年了。过年于我，每每是更寂寞的代名词。记得从初中二年级开始到现在，二十年的时光里，每每到腊月二十七八的时候，我总是心里空落落的，看着别人大包小包的忙碌，行色匆匆地赶着回家，听着窗外不断浓密的鞭炮声，总是不知道我该干些什么。"总把新桃换旧符"的喜悦和忙碌在我这里变成了甚于往日的清闲。于是，那时候的我，唯一能做的就是在家人为年忙碌或者走亲戚的

179

时候，读书，写心得。

从毕业到现在，尽管生活发生了很大的变化，可读书这个习惯却坚持了下来。每逢这样的时候，我总是会准时出现在新华书店，买一大摞平常舍不得买的书和 CD——发了奖金也满足一下自己的愿望。然后照例会抱一箱方便面，挤公交车回家——毕竟一年有太多的匆匆，来不及细细欣赏这个城市的风景。回了家，打开音响，挑选一张自己喜欢的CD，把声音调到低迷而舒缓，好好的冲个澡，在内心里告诉自己：不论这一年经历了怎样的悲伤、喜悦、痛苦、欢乐，就让它们连同这洗澡水一样地流去。浴后，虽然仍是这个人，却焕发着不一样的神采，似乎连不快也一并被冲到下水道去了。这种感觉让我很痴迷，于是，这个习惯也成了一个雷打不动的规律：别人家都在贴春联，我家永远都是哗哗的洗澡水流声。

开一瓶珍藏的红酒，斟一杯，自己庆祝自己这一年的平安和健康。因为我知道，只有我的平安健康才有孩子每天灿烂的笑脸，才有父母笃定的微笑，不论怎样，我都会为了这一张张笑脸而奋力活着，甚而活得更好；第二杯，庆祝自己又长大了一岁。时间是最公平的裁判，付出和回报永远是成正比的（当然，爱情除外）。尽管时光老去，沧桑了眼角，可还是很庆幸：内心深处慢慢变得平和、宽容，懂得自己内心的需要，明白明天的脚步该跨向哪里，这样，已经足够；第三杯，庆祝自己拥有一年里难得的清闲。所有的忙碌在开门换鞋的一刹那连同那些喧闹一起被关在了门外，我所能拥有的，是属于自己的时间和空间：抛开那些烦琐的为年而忙的细节，只为自己，留一点点的安静，细想一年来的成长变化，咀嚼一年来的不足与失误，放空一年来累积的骄傲，让心重新归零，不为别的，只给自己的心过个年。而这样的时刻，仿佛让生活的脚步慢了半拍，自己比别人多拥有了半天时光似的，那种喜悦和着细细的回忆让过往变成一种享受。哪怕过去的时光里有伤痛，这时候已经不重要了，因为学会正视、学会回看也是一种接受和成熟。

喝了三杯，一点点的恍惚让我暂时忘却了时间的存在，而沉浸在自己的幸福中：学会了解自己，接受自己，承担自己；也学会了与自己和解，此中有真意，欲辩已忘言，那一刻，只有自己知道，一个全新的自己在旧皮囊里生根发芽。

写下这些文字的时候，我笑了，一个人对着屏幕笑了。我知道，我又一次在内心放逐了自己——这个几乎二十年不变的习惯，让我能在看清楚自己的时候给自己一个肯定的微笑。

不论过去是什么，感谢上苍让我经历，也感谢自己能够承担。

内心里告诉自己：新年一定会快乐！

2009 年 1 月 23 日

后 记

我的樱桃鹿

终于要出自己的第一本散文集了，心里颇有些激动：这么多年，尤其是近十年，想要写些什么的愿望愈发强烈，没有奢望著书立说，也没有争名夺利的想法，出书仅仅是这么多年的一个梦想，准确地说，是一个理想。这半生，花去半辈子的光阴，养了一个孩子，写一本书，想想都是一个浪漫的理想。

这本书取名《樱桃鹿》，事出偶然。曾读过高建群先生的《最后一个匈奴》，里面有一个童话故事《米豪生奇遇记》。森林里，一个猎人用樱桃核当子弹，射中了一头鹿，但是鹿逃脱了。多年后，猎人再次遇到了这头鹿，发现鹿角上长出了一棵樱桃树，树上结满了红红的樱桃，摘下来一尝，异常鲜美，这口感里既有樱桃的甜美，也有鹿肉的味道。看到这个故事，不禁涕泪潸然，近二十年来历经的种种豁然有了答案。

从童年记事起，我就是一个不那么幸运的孩子。尤其是近二十年来，生活的种种不如意使我明白，生存还是毁灭，这道选择题只能自己来给出答案。就像我读到的樱桃鹿的故事——没有历经痛苦、煎熬、万

183

念俱灰，以及涅槃般的重生，那鹿角上长出的不会是美味的樱桃，而是一道丑陋而终生难愈的疤。所以，我以《樱桃鹿》为我的处女作命名，以感谢我曾经如那头鹿一般熬过的苦难时光。

采用这个名字，还有一个原因，是为了纪念那些有着美好品格的人们。他们，一如鹿角上长出的樱桃树，用美好为我遮阴，用人间温情滋养着我，让我在这苦难的人世中成活。他们中，我首先要感谢的是我的父亲，这个脾气不好却沉默睿智的男人，给了我巨大的精神支持，他的引以为傲让我不敢轻言放弃；还有我同样脾气不好却任劳任怨的母亲，她教会我勤劳朴实肯吃苦；以及指引我步入文学大门的师者、我曾经的领导白宏伟先生，是他让我在学会写"本台报道"之初，告诉我作为新闻战线的一员，如何让自己的人生因为文字而有价值；还有杨凌作协主席贺绪林，在我还是个站在文学殿堂门口张望的孩子时，他给了我鼓励，让我那些稚嫩的文字变成铅字，用这种最高奖励激励着我，甚至一次次用邮件、电话告诉我如何去写，让我感受到被人带领的温暖；还有，远在海南三亚从未谋面的张文军先生，只因一份欣赏，给了我很大的鼓励，让我感受到这个社会如此美好。甚至是我身边熟悉的同行、同事，他们对我那些不成熟的文字以最大的包容并报以热烈的褒奖，让我在暗自窃喜中奋力前行。而最值得我鞠躬致谢的当是我的老师张书省先生。

我和书省先生的结缘始于 1999 年全省广电系统编辑记者培训班，

当时正值壮年的书省先生和现在一样清瘦。作为培训老师，偶然的课间请教让我当时的苦闷一散而光，以至于后来成为二十多年的"忘年交"。这位业已步入古稀之年的高级记者，在2012年的夏天，在一辆绿色的出租车上，伴随着鼓噪的蝉鸣，指着窗外熙熙攘攘的人群说，"你看，说话人人都会，而能写文章的人却少之又少。你要是能坚持下去，一定会有所成就。到时候出书的时候，我来给你写序。"据我所知，这个清瘦的、颇具古风的文人，曾不止一次的拒绝过不少知名人士的写序邀请，就是给钱也不干。而就在我的书稿基本成型的丁酉新春，我于正月十六登门呈送书稿时，这位不会开车的优雅君子居然完美地规划了我从杨凌到西安的最近的路线，并以短信发给我，让我在惊讶之余感激不已。那天，和书省先生四个小时的畅谈，老师的清高儒雅、睿智正直再一次开启了我生命的新年，我想得再谢他一次。

要感谢的还有我的朋友，男男女女都有。他们以包容、正直、善良的心，让我在历经一次次艰难困苦之后，依然有前行的勇气，而且笃信，一切会越来越好。

写作，于我，毫无功名利禄之心，纯属在漫长的岁月里，让那份无法言说的困苦有一个暂居之处。当我经历着深切而又无法倾诉的苦痛的时候，我选择了沉默，当这些沉默累积得如沉疴一般使人憋闷的时候，我选择了用阅读来排解，当阅读中那些光束一般的智慧照亮我的生命的时候，我选择用笔记录下胸中激荡的情感。这种不释放就会发疯的感

185

受，一如怀孕待产的妇女，不生产就没有出路，就会持续痛苦。写下这些文字，减少了我时时伺机一吐为快的欲望，使我变得沉默；我的沉默口拙让我不再获得宴饮的被邀机会，这难得的清闲又意外地使我有更多的时间去阅读；而这些阅读轮回般的激发了我写点什么的愿望，虽然只是只言片语，却让我很快活。这些纵然使我快乐，而我却愈发丧失了语言功能，以至于现在，只要有第三个人在场，一张口我依然会紧张冒汗词不达意。这又是另一个意外。这些意外的叠加，使我成为今天的我。

由于仅仅是意外，所以我的思路、写法，几乎随心所欲、毫无章法，在这里也为能够读到这本书的读者致歉，并感谢你们为这份意外买单。

这本书以后，我想应该还会有第二本，甚至更多，因为我意外地发现了获得快乐、自我救赎的途径，这是我提笔之初所没有想到的。就像猎人永远想不到，他穿透鹿角的子弹最终会变成一颗种子，让这头鹿成为独一无二的樱桃鹿。

2017 年 3 月 11 日